Leokadia Kuhn

Komm nach Hause, bevor ...

Leokadia Kuhn

Komm nach Hause, bevor ...

Romanerzählung

Projekte-Verlag
Cornelius GmbH

Danksagung

Ich danke ausnahmslos allen,
die mir auf meinem Weg geholfen haben.

Impressum

1. Auflage
© Projekte-Verlag Cornelius GmbH, Halle 2008 • www.projekte-verlag.de
Mitglied im Börsenverein des Deutschen Buchhandels

Titelfotos von: © dagmar franke-photo-art leipzig
Satz und Druck: Buchfabrik Halle • www.buchfabrik-halle.de

ISBN   978-3-86634-510-2
Preis: 12,50 EURO

- Prolog -

Irgendwann kommt es ans Licht, wie ein Schleier, der weggezogen wird, und dahinter wird sichtbar, was bisher verborgen war: Die Lügen. Die Zweifel. Die Verstrickungen. Die Unwahrheiten. Die Angst.

Wie ein Fokus, der scharf gestellt wird, und mit unglaublicher Präzision erscheinen die Dinge hinter den Dingen. Die Fragen hinter den Fragen. Die Antworten hinter den Antworten. Nach dem Warum, Woher und Wohin.

Das sind seltene Momente, wie leichte Luftzüge in den wenigen Augenblicken, wo die Wahrheit auf dich niederrieselt wie Sternenstaub. Ein kurzer Augenblick, in dem du alles zu wissen scheinst. Antwort und Ende. Frage und Anfang. In diesem einen Moment zu wissen: Ja – so ist es!

Ich war lange in diesem dunklen Raum, wie auf diesem Bild von Matisse, das in Kopenhagen im Museum zu sehen ist, und das ich so liebe: durch die halbgeschlossenen Fensterläden dringt das gedämpfte Licht eines heißen Sommertages, darinnen auf einem Sessel eine Violine – sonst nichts.

Ohne es zu wissen, dämmerte ich vor mich hin. Wie will man auch erfahren, was Licht ist, wenn man nicht das Dunkel kennenlernt.

Raimund, du hast mir das dunkelste Kapitel gezeigt, das ich mir je habe vorstellen können. Du hast mich allein gelassen. Dafür danke ich dir.
Ja – jetzt ist die Stunde des Verzeihens gekommen. Der Moment ist gut. Draußen scheint die Sonne. Ja, Raimund, vielleicht brauchte ich das, um aus dem dunklen Raum zu ge-

hen. Es war eine schmerzhafte Lektion. Warum brauchen wir den Schmerz, um zu begreifen, warum?

Jetzt, wo die Traurigkeit verschwunden ist, die Enttäuschung, die Verbitterung, da bleibt nur eines: eine unendliche Leere.

In diesem Zimmer verschwimme ich mit den winzigen Staubteilchen, die in einem Sonnenstrahl tanzen und schwirren, die Atome des ganzen Universums. Alles ist hinter mir. Alles ist bei mir. Alles ist vor mir. Und Liebe, viel Liebe. Ja, Raimund – jetzt ist es gut.

- I -

Der Anruf kam in der Nacht gegen vier. Elisabeth schreckte aus dem Schlaf, schaltete das Licht an, griff nach dem Telefonhörer und noch bevor sie Hallo sagte, wusste sie bereits, wer am anderen Ende war und was ihr mitgeteilt werden sollte.

- Ja, sagte sie, ja – ich komme.

Sie legte das Telefon neben das Bett, versuchte durchzuatmen und klare Gedanken zu fassen. Elisabeth hatte am Abend Wein getrunken, mindestens ein Glas zuviel. Still hatte sie auf der Couch gesessen und auf ein gegenüberhängendes Bild gestarrt: ein Stück Steilküste, das Meer und der Himmel mit Wolken, sonst nichts. Aber das fiel ihr erst jetzt ein.

Sie überlegte, ob sie fahrtauglich war. Es würde noch zwei Stunden dauern bis zur Abfahrt. Sie würde Sachen einpacken müssen, mindestens für eine Woche, vielleicht sogar für zwei, Termine absagen, den Schlüssel hinterlegen, Raimund anrufen. Raimund? Wo war Raimund jetzt? Am anderen Ende der Welt. Sie wird das Kind wecken müssen. Es ist noch so klein und sie wird ihm nichts erzählen. Nur soviel: wir fahren jetzt an die Ostsee. Und es wird sie ansehen mit seinen wissenden blauen Augen und lächeln. Das war gut so. Elisabeth beschloss, die Termine von unterwegs abzusagen. Es drängte sie loszufahren, sie hatte das Bedürfnis, jetzt sich zu bewegen, unterwegs zu sein, nur nicht nachdenken. Sie stellte sich unter die heiße Dusche, bereitete das Frühstück, packte ihre Sachen.

Es war gegen sechs, als sie in das Auto stieg. Mariechen auf dem Rücksitz lächelte sie an. Das Kind schien den abenteuerlichen Aufbruch eher freudig zu empfinden. Das Herbstlaub lag feucht auf den Straßen und es war noch dunkel. Die

Fahrt wird länger dauern, dachte Elisabeth und schaltete das Radio ein. Der Verkehrsfunk meldete die ersten Staus. Nach einer Stunde war Mariechen wieder eingeschlafen, sie lächelte ihr friedliches Engelslächeln im Kindersitz.

Ob er friedlich gegangen war, ruhig und würdevoll? Was bedeutet das am Ende – ruhig und würdevoll? So wie im Leben, so im Tod, hatte Elisabeth jemanden sagen hören. Also nicht ruhig. Martina hatte am anderen Ende nur von Fakten gesprochen, von der Uhrzeit, von dem Arzt, der dabei war, und dass es jetzt eine Menge zu klären gäbe. Sie sagte das alles ruhig und gefasst, so wie es ihre Art war. Elisabeth hatte Martina immer diszipliniert gesehen. Mit ihrem Stock und ihren langen grauen Haaren wandelte sie mit einem Hauch Tragik durch das Leben. Ihre Hände waren weich und kraftvoll. Sie wich Elisabeths Blicken aus und versteckte sich hinter pragmatischen Sätzen, die sie wie Schutzwälle vor sich aufstellte: Das muss auch mal sein oder Ach ja so ist das. Dabei seufzte sie tief.

War das Liebe zwischen Martina und dem Vater? Nach dem Tod der Mutter war Martina sehr schnell an die Seite des Vaters gerückt. Zu schnell, so empfand es Elisabeth, viel zu schnell. Andererseits, wer sollte den Vater versorgen, sich um das Haus kümmern. Elisabeth wohnte sechshundert Kilometer entfernt, sie war mit ihren eigenen Dingen beschäftigt, mit wichtigen Dingen wie sie damals meinte.
Martina war vom Wesen das ganze Gegenteil ihrer Mutter. Sie hatte ein unbestimmtes Alter, eine verschlossene Zartheit, die verborgen lag hinter einer Mauer und die manchmal hervorschien in unbeobachteten Momenten, Undurchdringliches, das sie bei sich aufbewahrte. Martina war bestimmt, kauzig und von einer merkwürdig verblühten Schönheit, die durch ihre starren Gesichtszüge durchschimmerte, und ihre versteckte Mädchenhaftigkeit verschloss sie tief im Innern. Blass

und verschlossen schien sie Geheimnisse zu verbergen. Hatte das ihren Vater gereizt?

Die beiden lieferten sich Kämpfe, die um banale Themen wie Essen und Fernsehprogramme rankten und eine stille Übereinkunft beinhalteten. Martina hatte das Kommando übernommen und den alten Despoten gezähmt. Der Vater begehrte kurz auf, grollte wie der Ätna vor dem Ausbruch, um zu zeigen, dass noch Kraft in ihm war. Dann gab er kleinlaut nach. Was war aus dem Vater geworden? Was war aus dem großen Zampano geworden, der früher alles mit autoritärer Hand klärte, sodass Elisabeth und ihre Mutter sich um ihn bewegten wie unsichtbare Bedienstete auf leisen Sohlen. Sie waren durch das Haus geschlichen, wenn er Ruhe brauchte, sie hatten die Besucher unterhalten, wenn er Gesellschaft und Zerstreuung benötigte, seine Launen ertragen, wenn Schaffenskrisen ihn plagten.

Martina war von allem unbeeindruckt. Sie hinkte mit ihrer Krücke durch das Haus, gab Anweisungen und verrückte die Möbel. Einmal hatte Elisabeth sie in einem unbeobachteten Moment zum Bus rennen sehen. Martina hob dabei die Krücke hoch in die Luft und lief zu dem wartenden Bus an der Haltestelle, ohne die Stütze zu gebrauchen. Seitdem beschlich Elisabeth das Gefühl, dass ihre Fußverletzung nur Vorwand war, um Mitleid zu erregen, und die Krücke sie vor etwas schützen sollte. Aber vor wem, und vor allem, vor was schützen?

Auf der Autobahn leuchteten die Warnblinklichter. Elisabeth bremste, schaute in den Rückspiegel und schaltete ebenfalls ihre Warnblinkanlage ein. Hier auf der Strecke war ein befreundeter Dichter in einen Unfall verwickelt worden, an einem Stau-Ende fuhr auf sein Auto ein Lkw auf. Sie hatte ihn noch an einem Wochenende vorher bei einer Lesung gesehen, merkwürdig traurig und abwesend. Sie hatten sich einmal geküsst vor langer

Zeit, unschuldig und hilflos hatte er versucht, ihr näher zu kommen. Sie mochte ihn, aber es war zu spät, ihm das zu sagen.

Ist es wahr, dass uns nichts passiert, was wir nicht schon vorher unbewusst entschieden haben. Die Mystiker behaupten das, Raimund behauptet das. Ja – sie musste Raimund anrufen.

Der Verkehr bewegte sich langsam vorwärts, nirgends gab es einen Hinweis, warum der Stau entstanden war. Was war, wenn der Dichter aus einem ebensolchen sinnlosen Grund gestorben war?
Hinter allem ist ein Sinn, auch wenn wir ihn nicht erkennen. Raimund, du gehst mir auf die Nerven mit deinen Sprüchen, Elisabeth schaltete wütend das Radio aus.

Der Vater hatte versucht Raimund zu mögen, aber es war ihm nicht gelungen. Vielleicht weil er gespürt hatte, dass Raimund sich auf einer endlosen Reise befand und seine Tochter Elisabeth versuchte ihm zu folgen und darin sich selbst verlor, ohne jemals anzukommen. Traurigkeit hopste Elisabeth in die Herzgegend. Raimund wusste so viel, konnte die Welt erklären, in der er unterwegs war, er verstand die Dinge hinter den Dingen. Aber er konnte nicht bleiben, nirgendwo. Es gab für ihn kein Zuhause, keinen Ort an dem er länger blieb. Raimund war ein Durchreisender. Einer, der kam und ging. Der kein Zuhause hatte, weil er überall und nirgends zu Hause war. Er trug eine große Sehnsucht in sich nach einer besseren Welt. Ein Abenteurer, der sich auf den Weg begeben hatte, in dieser von Kriegen erschütterten und leidenden Welt unterwegs zu sein.
Müde und erschöpft kehrte er von den ewigen Siegen zurück, schläfrig und abwesend.
Was blieb, waren kurze Augenblicke eines momentanen Zustandes des Glücks, nicht festzuhalten.

Das hatte Elisabeth verstanden in dem Moment, als das Kind aus ihr herausschlüpfte, warm und weich und glibberig. Der Raum erstrahlte von diesem einzigartigen schönen Moment, der Verzauberung, den die Ärzte und Hebamme mit ihrer Unruhe und Betriebsamkeit zunichte machten. Die Apparaturen und Geräte hatten einen kritischen Zustand angezeigt. Elisabeth empfand nichts als kritisch, sie war erfüllt von Frieden und tiefer Liebe. Kritisch war nur, dass sie ihrer eigenen Kraft nicht vertraut hatte. Raimund wartete draußen vor der Tür.

Warum fällt ihr das jetzt alles ein, auf dem Weg zur Beerdigung ihres Vaters?

Elisabeth fuhr über die Brücke und ihr wurde es weit ums Herz, das Wasser zu beiden Seiten und die Kirchtürme der nahegelegenen Stadt, darüber der endlose Himmel. Immer an dieser Stelle hatte sie das Gefühl, den tiefliegenden Wolken sehr nah zu sein. Ein kurzer Moment. Ein Augenblick lang.

Sie fuhr durch die Alleen auf die Insel, die dicken alten Bäume säumten die Straßen. Sie kannte hier jedes Haus, jede Veränderung über die vielen Jahre hinweg. Aber es war immer eine Reise an einen Ort, wo sie nicht hingehörte. Eine Urlaubsreise von begrenzter Dauer. Sie war fremd hier, ein Tourist. Sie kam seit vielen Jahren und sie würde fremd bleiben. Seit sie aus New York zurückgekehrt war, gab es keine Heimat mehr für sie. Das Land, in dem sie aufgewachsen war, verschwunden hinter einem anderen Land. So wie sich eine Erdplatte über die andere schiebt und damit ein Erdbeben verursacht. Die untergegangene Heimat wie ein schwarz-weißes Erinnerungsfoto im Album der eigenen Geschichte. Ganz weit weg und tatsächlich untergegangen wie eine Kultur, die sich selbst ausgelöscht hat im Jahrbuch der Geschichte. So ähnlich war das.

Vielleicht ist tatsächlich alles so einfach. Und das verlorene Zuhause ist kein Grund zur Traurigkeit. Wie wird sie das Marie erklären: Die Zeit war abgelaufen.

All die vergangenen Jahre kamen ihr lächerlich vor. Das, woran sie geglaubt hatte, war wie aus einem anderen Leben, das parallel gelaufen war. Wären die Fotos nicht, so würde sie tatsächlich an einen Traum denken. Aber vielleicht leben wir ja in einem Traum. Das, was man Elisabeth als wahr erklärt hatte, war untergegangen.
Sie war aufgewacht und sie hatte den Stolz verloren und den Glauben.
Den Glauben verloren: ist es dann nicht so, als wäre man an Bord eines manövrierunfähigen Schiffes. Abhängig von den Strömungen und den Winden, ausgesetzt den Launen der Natur. Unfähig zu handeln, steuert man auf die Sandbänke zu, auf die Untiefen, zu erkennen auf dem Radar, untätig, als wäre man gefesselt an das Steuerrad. Niemand kann behaupten es gibt kein Navigationssystem. Nennt man das dann: menschliches Versagen? Auch wenn wir sehenden Auges in die Katastrophe schlittern.
Wollen wir uns beweisen, das wir Recht haben mit unserer Negativität: das Glück nicht verdient zu haben.
Daran hatte sich auch nichts geändert in all den Jahren danach.

Elisabeth hatte ihr Pionierhalstuch über den Rollkragenpullover gebunden, als sie zur Verleihung des Nationalpreises mit ihrem Vater in die Hauptstadt fuhr.
Der Minister hielt eine lange Rede und lobte den kritischen Realismus des Vaters, dabei machte er eine lange Pause und hob den Blick von seinem Manuskript ins Publikum, als warte er auf eine Reaktion. Elisabeth rutschte auf ihrem Sessel hin und her, schaute nach oben auf die vielen Lampen. So viel Licht! Der ganze Saal klatschte Beifall und der Vater nahm

Elisabeth mit nach vorn auf das Podium. Der Minister hielt Elisabeths Hand ganz fest.
- Ihr Kinder seid unsere Zukunft, sagte er.
Sie sah in seine Augen, weil sie wissen wollte, ob er es auch tatsächlich ernst meinte.
Sie wollte es glauben und sie war stolz.

Martina stand vor dem Haus, als Elisabeth auf den Hof fuhr. Sie schien auf sie gewartet zu haben. Martina stand in einer dünnen schwarzen Bluse und schwarzen Hosen aus Leder auf ihre Krücke gestützt. Sie musste frieren. Elisabeth sah das Auto ihres Vaters und ihr wurde schlagartig bewusst – es war endgültig. Kein schlechter Traum, keine unerwartete Wendung – nichts davon. Sie erschrak und eine Lähmung befiel sie, dass sie sich nicht bewegen konnte. In diesem Moment wachte Mariechen auf, Martina kam auf das Auto zugehinkt, öffnete die Fahrertür von außen und sagte:
- Du kommst spät, Elisabeth. In einer Stunde kommen die ersten Gäste. Wir müssen heute noch zum Bestattungsinstitut, morgen ist Feiertag. Das wird alles knapp. Er hätte sich ja auch einen anderen Tag aussuchen können. Aber du weißt ja wie er war, stur bis zuletzt.
Martina öffnete den Kofferraum, nahm eine Reisetasche und verschwand im Haus. Mariechen sah Elisabeth lächelnd an. Willkommen in der Realität. Es war ein jähes Aufwachen. Ein Landen auf dem Betonfußboden ohne Netz und doppelten Boden, ohne Sprungtuch. Hatte sie tatsächlich geglaubt, alles sei nur Einbildung. Der Vater steht in der Tür und umarmt sie. Ja, ja das hatte Elisabeth geglaubt. Die ganze Fahrt über. Die ganze Fahrt über auf der Autobahn hatte sie an einen Traum gedacht, aus dem sie aufwachen würde.

Die Lähmung hielt an. Die folgenden Stunden verliefen wie im Film. Sie nahm die Kondolierungen an, umarmte wildfremde Menschen, die der Meinung waren, Elisabeth zu kennen. Sie war ernst, sie lachte, dem Ereignis angemessen und trank mehrere Kognaks unter Martinas beobachtendem Blick.

Später fuhr Elisabeth mit Martina in die Stadt zum Beerdigungsinstitut. Martina schritt voran mit königlicher Würde, einmal griff sie zum Kleenex-Behälter auf dem Schreibtisch des Bestatters, um sich die Tränen abzuwischen. Und Elisabeth war sich wieder nicht sicher, was echt und was gespielt war bei dieser Frau. Martina musste bereits alles detailliert geplant haben, sodass Elisabeth nur noch die Festlegungen zu bestätigen brauchte. Ihr war alles recht, Hauptsache sie brauchte sich nicht ernsthaft darum zu kümmern. Sehnsuchtsvoll dachte sie an den nächsten Kognak.

Als es spätabends endlich still im Haus war, ging sie das erste Mal seit ihrer Ankunft in den Arbeitsraum des Vaters. Seine Abwesenheit war wie ein schwarzes Loch zu spüren. Es roch nach Farben und Malmittel. Ein Geruch, der sie ihr bisheriges Leben begleitet hatte und sie mehrmals dazu verleitet hatte, Affären mit Malern einzugehen, um diesem Geruch nah zu sein.

Martina hatte ihr auf der Couch das Bett bereitet. Mariechen schlief im Gästezimmer. Elisabeth stellte das Babyphon auf den Couchtisch und setzte sich in den Sessel. Mehrere Bilder waren zur Wand gedreht. Auf der Farbpalette waren die Farben noch frisch. Elisabeth tippte mit den Fingern in die Farbe und verwischte sie zwischen den Fingern. Dann stand sie auf und ging in die Küche, um sich noch einen Kognak einzugießen aus der Flasche, die Martina mit vorwurfsvollem Blick in den Küchenschrank gestellt hatte. Sie setzte sich mit dem Glas wieder in den Sessel. Durch die großen Glasfenster konnte sie den Nachthimmel sehen. Das Blinklicht draußen vom Leuchtturm leuch-

tete in der sternenklaren Nacht. Elisabeth öffnete den Wandschrank und sah darin zwei mit Tüchern verhüllte Bilder. Vorsichtig versuchte sie den Stoff von den Leinwänden zu lösen. In jenem Moment hörte sie Schritte und es klopfte an der Tür. Schnell schloss sie den Schrank.
- Schläfst du schon?, fragte Martina.
Martina hatte einen Bademantel und dicke Socken an. In der einen Hand hielt sie ihre Krücke, in der anderen einen Kognakschwenker.
- Ich habe mir gedacht, dass die Flasche hier bei dir ist, sagte sie und setzte sich.
- Sind das seine beiden letzten Bilder?, fragte Elisabeth.
- Ja, aber ich möchte, dass alles so stehen bleibt, antwortete Martina.
- Nichts bleibt so wie es ist, Martina.
- Ich entscheide wie lange etwas bleibt.
- Ist ja schon gut, du brauchst nicht mit mir zu reden wie mit meinem Vater.
- Entschuldige, Elisabeth.
- Schon gut. Hat er was gesagt?
- Was soll er gesagt haben?
- Na so etwas wie letzte Wort, was weiß ich, sich verabschiedet.
- Nichts!
- Nichts?
- Er hat die letzten Stunden nicht mehr gesprochen.
- Ich hätte eher kommen sollen.
- Wozu sollte das gut sein?
- Ich wäre einfach da gewesen.
- Er hat nicht mehr gesprochen, um dein Gewissen zu beruhigen.
- Nichts?
- Nichts!
Im Grunde war Elisabeth froh, dass Martina sie nicht eher gerufen hatte. Die Anwesenheit des Todes hätte sie erschreckt,

und was hätte sie auch tun sollen angesichts des unvermeidlichen Zustandes.
- Hat er gemalt?
- Bis zuletzt! Und geflucht über Gott und die Welt. Himmelherrgottnochmal, diese Verbrecher. Dann hat er sich hingesetzt und ist nicht wieder aufgestanden.
- Wo?
Martina deutete auf die Couch, wo Elisabeth saß. Elisabeth sprang erschrocken auf. Martina lachte und nahm einen Schluck aus dem Glas.

- Der Tod hat nichts Erschreckendes.
- Finde ich nicht.
- Nicht, wenn du ihm mehrmals ins Auge geschaut hast.
- Ich frage mich, was euch verbunden hat?
- Liebe!
- Manchmal frage ich mich, wer du bist, Martina?
- Das frage ich mich seit über sechzig Jahren und gestern habe ich beschlossen damit aufzuhören! Wir haben die Dinge so zu akzeptieren, wie sie sind. Und ich will leben. Prost!

Martina nahm einen großen Schluck aus dem Glas.
- Was machen wir mit dem ganzen Erbe hier?
- Was wollen wir machen, er hat alles festgelegt. Warte nur ab, wenn die Meldung durch die Presse geht. Sie werden morgen vor der Tür stehen wie die Hyänen, die ganzen geldgierigen Speichellecker und Denunzianten werden mit ihren Nobelkarossen vorfahren und Ergriffenheit heucheln. Kein Bild werde ich denen geben. Kein einziges.

Martina saß im Sessel und verschränkte die Arme. Sie hatte offensichtlich beschlossen in den Kampf zu ziehen.
- Ich habe Hesse gebeten, die Trauerrede zu halten, sagte sie in die Stille.

Martina behielt Recht. Am Morgen, als Elisabeth in die Küche kam, saß Friedrich am Tisch. Er hatte seine Prinz Heinrich-Mütze auf den Tisch gelegt und stand auf, als Elisabeth zur Tür hereinkam. Er schüttelte ihr die Hand, murmelte etwas von Beileid und klopfte ihr unbeholfen auf die Schulter. Friedrich gehörte die ortsansässige Pension. Martina goss ihm gerade Kaffee ein, als auf den Hof ein großes Auto einfuhr.
- Na, siehst du, sagte Martina triumphierend und humpelte mit ihrer Krücke zum Fenster.

Koslowski, der Galerist des Vaters, stieg aus dem Auto und streckte sich.
Elisabeth hatte Koslowski einige Male bei Ausstellungseröffnungen gesehen, sie hatten aber nie miteinander gesprochen. Koslowski ignorierte Elisabeth mit arroganter altersstarrer Konsequenz.
Elisabeth setzte sich. Sie war jetzt Erbin. Diese Position veränderte alles. Sie würde Entscheidungen treffen müssen und konnte sich nicht mehr verstecken. Das war ihr im Moment nicht recht. Sie wollte ihre Ruhe und sie brauchte Zeit, um sich an den neuen Zustand zu gewöhnen. Offensichtlich wurde ihr diese Zeit aber nicht gegönnt.

- Das ging aber schnell, sagte Martina.
- Ich wusste, dass Koslowski schnell ist, aber so schnell.
- Wo ist Opa?, fragte Mariechen.
Ja, wo war Opa? Das war alles zuviel zum frühen Morgen. Der erste Kaffee war noch nicht getrunken. Da saß Friedrich in der Küche, da er offensichtlich Gäste für seine Pension abfangen wollte. Koslowski entstieg einem Auto und Mariechen fragte, wo der Vater denn sei. Was sollte sie jetzt sagen? Im Himmel, in der Leichenhalle, im Sarg? Es schien sich alles im falschen Moment zu bündeln.
Draußen auf dem Hof hopste jetzt auch Koslowskis Frau Paula aus dem Auto. Elisabeth fühlte sich überfordert. Martina

schien das zu bemerken und Elisabeth nahm das verwundert zur Kenntnis, sie hatte Martina seit ihrer Ankunft noch von keiner zartfühlenden Seite kennengelernt. Im Gegenteil, für Martina schien der Tod des Vaters wie eine verlorene Schlacht und wie ein Aufruf in den Gegenangriff zu ziehen. Martina schickte Friedrich auf den Hof und bat ihn, Koslowski abzufangen und ihn in seiner Pension einzuquartieren.
- Sag ihm, wir sind zum frühen Morgen unpässlich, er soll am Nachmittag wiederkommen.

Und Friedrich folgte Martinas Anweisungen. Koslowski schaute etwas verwundert ob der Nachricht, die Friedrich ihm überbrachte, auf das Haus, ließ sich aber überreden und verschwand samt Paula, Auto und Friedrich vom Hof.

- Wir können Koslowski nicht planlos empfangen, sagte Martina.
- Den gleichen Gedanken hatte ich auch gerade, antwortete Elisabeth, aber kann man bei Koslowski einen Plan haben?

Elisabeth dachte daran, wie Koslowski ihren Vater gelockt hatte mit Versprechungen. Er hatte es geschafft, den Vater aus seiner inneren Emigration zu bekommen. Koslowski war von einer begnadeten Hartnäckigkeit. Er hatte sich mehrmals die Tür vor der Nase zuschlagen lassen. Koslowski ließ sich davon nicht beirren. Künstler sind so, sonst sind sie keine. Er suchte nach einem neuen Schlupfloch, um zu seinem Ziel zu gelangen. In diesem Fall wurde die Tür über den Weinkeller geöffnet. Koslowski war ein exzellenter Weinkenner und er hinterließ bei seinen Besuchen immer eine erlesene Flasche, die Martina dem Vater mit Grüßen überbringen sollte, wenn Martina ihn wie ein Portier an der Tür abwies. Irgendwann eröffnete Koslowskis Weinkeller ihm den Arbeitsraum des Vaters. Koslowskis Rechnung war aufgegangen, er war ein Pokerspieler und ein Händler zugleich, seine Kunden waren begierig auf die Kunst aus dem Osten. Damals galt sie als die Aktie an der Wand.

Die späten Bilder vom Vater Gernhard Weiss mit Pauken und Trompeten, er liebte es, Pauken und Trompeten zu malen und hörte Wagner dabei, bis sich die Nachbarn beschwerten. So wie Gernhard Weiss konnte heute niemand mehr malen. Das ist die alte Schule der Impressionisten, die Langsamkeit, die Genauigkeit des Beobachtens. Wie ein Liebhaber, der sich Zeit nimmt und auf Erkundungstour geht, zartfühlend sich vortastend, auf den Moment wartend der Leidenschaft, der Ekstase. Eine Ewigkeit, lange Zeit. Stunde um Stunde. Da gibt es nichts Zufälliges, nichts Spontanes. Alles ist gesehen und erwartet wie das Licht, das nicht zufällig in jenem Moment hereinscheint und einen Punkt im Raum erhellt, auf den der Blick des Betrachters fallen soll.

Das war die Kunst, auf den richtigen Moment zu warten und ihn einzufangen, ihn festzuhalten, ihn zu konservieren für die Ewigkeit. Das war Gernhard Weiss' Meisterwerk. Ja, daran hatte er sein Leben lang gearbeitet und experimentiert: der Lichtpunkt!

Niemand konnte das so wie er. Seine Malweise war am Aussterben. Das wusste er genau. Und er fluchte auf die jungen Künstler, auf ihre Unfähigkeit, ihre Dummheit, ihre Oberflächlichkeit. Alles plätschert nur, sagte er. Sie schmieren ihre Paletten auf die Leinwand und verkaufen es als Kunst. Gesindel, Dilettanten, Dummköpfe. Sie verkaufen ihre Bilder wie des Kaisers neue Kleider an die Leute, und die sind so dämlich und kaufen das! Wenn der Vater fluchte, schnaufte er, und sein Gesicht wurde hochrot vor Zorn. In der Erregung suchte er nach neuen Schimpfworten, um seiner Wut Luft zu machen. Nervös fuchtelte er dabei mit seinen Händen und lief unruhig umher wie ein Gejagter, ein Gehetzter, der aus der Falle, in die er geraten war, nicht wieder herausfand. Eingesperrt von einem imaginären Verfolger, flüchtete er in selbstdachte Käfige.

Hochrot und zornig kam von den Sitzungen aus der Hauptstadt zurück. Er verbarrikadierte sich in seinem Zimmer. Elisabeth und ihre Mutter hörten es poltern und schreien. Es dauerte mehrere Tage, währenddessen sie das Essen vor die Tür stellten, das unberührt blieb. Ab und zu gingen sie horchen nach einem Lebenszeichen. Er malte in dieser Zeit eines seiner genialsten Bilder.
Liebe und Tod nannte er es, als er wieder einigermaßen friedlich davor saß in seinem Sessel und durch seine ausgestreckte Hand hindurch die Perspektive überprüfte. Das Bild hing in der Nationalgalerie und man hatte es auch später nicht ins Depot geräumt.

Diese Zeit saß Elisabeth wie ein Schock im Körper, die Angst, er könnte sich etwas antun, er könnte verschwinden, sie allein lassen. Jetzt hatte er es getan.

Und nun stand Koslowski hier und bat um Einlass. Wie die Zeiten sich ändern, dachte Elisabeth. Sie bewunderte Koslowski für seine Ausdauer, auch wenn sie sonst mit ihm wenig anfangen konnte. Sie hatte mit Galeristen wie ihm oft zu tun gehabt, sie ähnelten sich alle mit ihren seidenen Tüchlein um den Hals und ihren älteren Damen oder ganz jungen Blondinen an ihrer Seite. Sie lebten von den Produkten anderer, in einer Scheinwelt, die sie für echt hielten. Die Künstler waren ihre Lebensgrundlage, und sie entschieden über Sein oder Nichtsein. Auch die Kunstwissenschaftler lebten von der Kreativität anderer. Sie, Elisabeth, tat das auch. Vielleicht hatte sie nicht den Mut Eigenes zu schaffen, vielleicht Angst. Hatte sie Angst gehabt, als sie aufgehört hatte zu malen? Sicher, sie fürchtete sich vor der Kritik des Vaters. Sie hatte sich heimlich an der Kunsthochschule beworben unter dem Mädchennamen ihrer Mutter und war abgelehnt worden. Ist Erbe eine Bürde, eine Verpflichtung oder ein Geschenk? Elisabeth würde sich entscheiden müssen, welche von den Eigenschaften sie annehmen wollte. Was wäre passiert, wenn sie in Konkurrenz zu ihrem Vater getreten wäre. Das hatte Elisabeth vermieden, sie war an die Universität gegangen und hatte Kunstgeschichte studiert. Manchmal noch hatte sie gemalt, es aber niemandem gezeigt, außer Konny. Und es später ganz aufgegeben. Sie hatte die Leinwände zerschnitten nach Maries Geburt. So war das.

- II -

Martina und Elisabeth begannen gegen Mittag den Arbeitsraum des Vaters umzuräumen für Koslowskis Besuch. Sie stellten einige Bilder beiseite, drapierten leere Leinwände und Malutensilien, verhängten die Spiegel und ordneten die Blumen. Der Tisch wurde mit einem weißen Tuch gedeckt und es wurden Törtchen für Paula gekauft. So warteten Martina und Elisabeth auf Koslowskis Ankunft.

Koslowski aber kam nicht. Das Innere der Törtchen schmolz dahin. Martina saß geduldig am Tisch mit zusammengefalteten Händen, als warte sie auf einen verspäteten Zug. Mariechen war eingeschlafen auf der Couch. Nur Elisabeth wanderte ungeduldig durch den Raum. Es missfiel ihr, dass Koslowski sich ankündigte und nun nicht erschien mit seiner pummligen Paula. Was bildete er sich ein, wer er war. Der Vater war noch nicht unter der Erde und Koslowski spielte hier Spielchen und ließ nun auf sich warten. Und das Schlimmste daran war, sie brauchten ihn. Ansonsten würden sie auf den Bildern sitzen bleiben. Auf dem ganzen gesammelten Erbe: den Zeichnungen, den Radierungen, Pastellen, Aquarellen, den großformatigen Bildern. Wohin damit? Elisabeth fühlte sich verpflichtet, sie fühlte sich ihrem Vater gegenüber verpflichtet sein Werk zu verwalten. Vielleicht war das ja Martinas Aufgabe und nicht ihre. Was hatte Elisabeth abzutragen? Was gab es unerledigtes zwischen ihr und dem Vater? Eine Menge, eine Unmenge Unausgesprochenes, das wohl nun auch endgültig so bleiben würde. Es würde keine Klärung mehr geben. Spätestens jetzt nach dem Zeitpunkt des Todes. Es war zu spät dafür. Sie hatten den Moment verpasst. Aus. Schluss. Vorbei.

Elisabeth konnte jetzt ihr schlechtes Gewissen unter Aktionismus und öffentlicher Trauer verbergen. Alle würden das jetzt erwarten. Sie könnte alles Martina überlassen, sich selbst aus der Verantwortung stehlen und in einigen Tagen nach der Beerdigung zurück nach Hause fahren. Das wäre der einfachste Weg. Der leichteste und der bequemste. Aber irgendetwas in ihr weigerte sich diesem Impuls nachzugeben. Hier ging es noch um etwas anderes, es ging um sie und um die Frage, was fange ich mit meinem Leben an. Also: Wohin?

Elisabeth fühlte sich erleichtert. Ja, sie fühlte sich erleichtert nach Vaters Tod. Der Druck war weggefallen. Elisabeth musste niemandem mehr etwas beweisen. Das gab ihr auf eine sonderbare Weise Kraft. Und sie erschrak darüber. Durfte sie solche Gefühle nach dem Tod des Vaters haben? Sie fand es traurig, dass sie keinen versöhnlichen Abschied gefunden hatten. Die letzte Begegnung vor einigen Monaten hatte sich in Belanglosigkeiten verlaufen. Das würde sich jetzt nicht mehr ändern lassen. Je mehr sie darüber nachdachte, umso mehr Kraft empfand sie. Das letzte Mal, dass sie eine solche Kraft verspürt hatte, war, als sie New York verlassen hatte. Von dem Moment an, in dem sie die Entscheidung getroffen hatte, kam eine große Erleichterung über sie, und die Dinge entwickelten sich wie von fremder Hand geführt.

Sie erinnerte sich genau an den Moment, als sie die Ultraschallbilder in ihrer Hand gehalten hatte, von diesem Pünktchen in ihrem Bauch, das schon Ansätze von Armen und Beinen zeigte und später Mariechen wurde. Noch niemals zuvor und nie wieder danach, war sie so klar gewesen. Vielleicht war alles im Leben nur eine Frage der Entscheidung. Und man verbrachte seine Zeit im Dämmerzustand, nur weil man nicht in der Lage war eine Entscheidung zu treffen, oder dazu zu bequem war. Die großen Momente im Leben sind Momente der Entscheidungen, der plötzlichen Klarheit. So wie jetzt. Elisabeth stand am Ende von Vaters Leben am Anfang.
Martina seufzte und stand auf.

- So wie es aussieht, dürften wir heute mit Koslowskis Erscheinen nicht mehr rechnen.
Sie nahm den Kuchenteller und ging in die Küche. Elisabeth deckte Mariechen zu und lief hinterher.
- Was meinst du, was Koslowski damit bezweckt?, fragte sie.
- Woher soll ich das wissen, vielleicht will er die Preise damit drücken.
- Ich verstehe nicht, warum er so schnell vor der Tür steht und dann aber wieder verschwindet. Er könnte ja wenigstens anrufen.
- Ich weiß es nicht Elisabeth, ich weiß es nicht.

Martina sah plötzlich alt und zusammengefallen aus. Ihre Haut wirkte faltig in dem schwarzen Rollkragenpullover, als wäre an diesem verwarteten Nachmittag alle Energie von ihr gewichen. Ihre sonst so lebendigen Augen sahen in ihrem blassen verwelkten Gesicht müde und erschöpft aus. Elisabeth empfand Mitgefühl mit ihr. Sie war Ende sechzig. Sie hatte keine Kinder, keine Familie. Ihr Vater und sie waren wie siamesische Zwillinge gewesen, keiner konnte ohne den anderen existieren. Für wen sollte sie jetzt sorgen, für wen kochen. Als ob sie Elisabeths Gedanken gelesen hätte, sagte sie.
- Mach dir man keine Gedanken, ich komme schon zurecht. Ich bin immer alleine klargekommen. Immer schon.
- Vielleicht mache ich mir ja deswegen Gedanken.
Martina sah sie erstaunt an.
- Ich brauche dein Mitleid nicht!
- Wer redet hier von Mitleid, sagte Elisabeth.
- Deins nicht, das von Koslowski nicht. Von niemandem!

Elisabeth war erschrocken über diesen plötzlichen Gefühlsausbruch. Mariechen wachte auf und rief nach ihr. Sie musste sie zum Schlafen bringen. Später konnte sie Martina fragen, was sie damit meinte. Mitleid!?

- III -

Es war so leicht gewesen, so einfach auf dem Flughafen von Amsterdam. Elisabeth setzte sich Raimund gegenüber und fragte mit ihrem New Yorker Slang, auf den sie inzwischen so stolz war:
- Where do you come from?
Raimund sah auf von seiner Zeitung und es war dieser Bruchteil von Sekunden, der alles entschied. Einen kurzen Moment lang blitzten seine blauen Augen Elisabeth an, im nächsten Augenblick schien er zu wissen, wo seine Reise hingehen würde. Diesmal.
- Where do you come from?, wiederholte sie ihre Frage.

Jetzt im Nachhinein war sich Elisabeth nicht mehr sicher, warum sie ihn angesprochen hatte, einen wildfremden Menschen, das tat sie sonst nie. Ja, sie hatte ihn dort sitzen sehen, müde, verschlafen hilflos und unrasiert in seinem grünen Parka und irgendein Impuls muss sie getrieben haben. Ein Impuls ihn aufzufangen. Raimund sah aus wie ein müder Krieger, der aus einem Kampf kommt. Mann gegen Mann, Sieg für Sieg und sich dieser Sinnlosigkeit bewusst war. Die Zeit war reif für den Frieden.

- Where do you come from?
War das Liebe, war es ihr Herz gewesen? Raimund war auf der Durchreise und Raimund würde sein Leben lang auf der Durchreise sein. Er würde kommen und gehen, ein Gast, der nirgends lange blieb. Unterwegs in einem Leben, das parallel zu allen anderen lief. Er schleppte irgendetwas mit sich herum, auf dessen Grund Elisabeth nie stieß. Ein Reisender durch die Zeit, ein Gast im eigenen Leben. Sie waren so vertraut und so fremd, so fremd wie in diesem Moment auf dem Amsterdamer Flughafen.

- Where do you come from?
Sie stiegen zusammen aus dem Flugzeug und Raimund küsste sie vor dem Taxistand, einfach so.
- Komm mit nach Haus, sagte er. Komm!
Und es war dieses Wort nach Hause, das sie mitten ins Herz traf: nach Hause. Sie war lange nicht zu Hause gewesen. Ja, wann war sie das letzte Mal zu Hause gewesen, und wo war ihr Zuhause? Aus New York war sie gerade geflüchtet.
- Ich kann nicht, sagte Elisabeth.
Es war der vorletzte Versuch, aus etwas zu entkommen, was sich bereits wie eine Lawine bewegte.
- Doch, sagte Raimund, du kannst.
Und sie fuhren zusammen in den östlichen Stadtteil, in dem Elisabeth seit dem Fall der Mauer nicht mehr gewesen war. Sie schaute aus dem Fenster des Taxis, verwundert, wie klein diese Stadt war, wie eine Atmosphäre sich nie ändert. Die Sirenen der Polizeiwagen, die so anders klangen als die in Manhattan, die Menschen, die die Energie ihrer Städte zu absorbieren schienen über Jahrzehnte hinweg. Alles war anders und alles genauso wie vor vielen Jahren, wie eine Reise in die Vergangenheit. Sie kam in Raimunds Wohnung, die fast leer war, außer Bett, Stuhl und Schrank stand nicht viel darin. Auf dem Fensterbrett stand eine Flasche Wodka. So etwas wird wohl über die Zeit nicht schlecht, sagte er und reichte sie Elisabeth. Sie trank einen Schluck und Raimund auch und sie küssten sich. Es schmeckte nach Schnaps, nach seltsam Vertrautem, wo kam das nur her, dieses Vertraute. Und Elisabeth dachte noch, was mache ich hier bloß, wer hat mir diesen Mann geschickt. Raimund kniete vor ihr und zog sie aus, sacht und liebevoll, das hatte so seit langem nicht erlebt.
- Ich kann nicht, sagte sie, ich kann wirklich nicht.
Vermutlich war das der letzte Versuch zu entfliehen, diesmal antwortete er nicht. Es war leicht und es war einfach.

- Bitte nicht schreien, sagte Raimund, bitte nicht schreien. Sie sah Raimund erst sechs Monate später wieder, kurz vor Mariechens Geburt. Elisabeth lag bereits seit einigen Tagen in der Klinik mit vorzeitigen Wehen. Raimund kam in diesen weißen Raum in seinem grünen Parka, unrasiert und übernächtigt wie damals auf dem Flughafen. Raimund legte die Hand auf ihren Bauch und das Baby begann sich darinnen zu bewegen. Warum bist du hier, fragte Elisabeth. Weil ich eben da bin, sagte er. In der Nacht kam Mariechen auf die Welt, etliche Wochen zu früh und viel zu klein und viel zu zart für die große Welt. Aber jetzt war ja Raimund da.

Raimund kam und Raimund verschwand. Elisabeth zelebrierte Familie in den Zeiten seiner Anwesenheit. In den Zeiten seiner Abwesenheit trieb sie große Sehnsucht in eine Art von Lähmung, die sie völlig unbeweglich werden ließ. Wie ein Loch, in das sie fiel, wenn Raimund wieder für Wochen ins Ausland reiste. Sie starrte die Wand an, umsorgte das Kind. Aber sie tat nichts wirklich mit Freude. Sie wartete auf Raimund, als sei ihr eigenes Leben weggerutscht. Und das war es vermutlich tatsächlich. Sie hatte ihr Leben in New York gelassen mit Konny. Das Visum war abgelaufen und so auch ein Teil ihres Lebens. Eine ungeheure Zähigkeit und Leere umgab sie. Elisabeth schob den Kinderwagen durch die Einkaufszentren, um die Zeit vergehen zu lassen. Die Zeit bis Raimund wiederkam, die Zeit bis zum Mittag, die Zeit bis zum Abend, die gähnende Leere an den Wochenenden, die sich wie sumpfige quellende Löcher auftaten und immer größer wurden, Woche um Woche. Manchmal kam ein Anruf von irgendwo weither, der mittendrin abbrach aus dem Kosovo oder aus Russland, je nachdem, wo die Hilfsorganisation, für die Raimund arbeitete, ihn einsetzte. Raimund kam müde und erschöpft zurück. Er sprach kaum über seine Arbeit, aber Elisabeth spürte an seinem zunehmenden Schweigen, dass die Dinge, die er sah, immer schwieriger wurden. Raimund hatte sich in das Lager des Feindes begeben und sie fürchtete jedes Mal, er würde nicht heil daraus zurückkehren. Elisabeth konnte ihn dort nicht erreichen, weil sie herausgefallen war aus der eigenen Zentrifuge wie eine Perle aus dem Rosenkranz. Je mehr ihr das bewusst wurde, umso mehr klammerte sie sich an Raimund. Sie bat ihn dazubleiben, erst still und bestimmt, später mit Tränen und Wut. Einmal in der Nacht rief eine Freundin sie an, die in den Spätnachrichten Raimund gesehen hatte. Elisabeth mobilisierte alle ihre Beziehungen, um beim Fernsehsender an das Band mit den Nachrichten zu kommen.

Sie sah Raimund in seinem grünen Parka, bärtig und mit langgewachsenem Haar beim Verteilen von Lebensmitteln in Tschetchenien. Er redete in die Kamera von der schwierigen politischen Lage und der katastrophalen gesundheitlichen Situation für die Kinder. Eine blonde Frau stand neben ihm und hielt ein krankes Kind in Mariechens Alter auf dem Arm, Militärs patrouillierten im Hintergrund. Sie spulte das Video vor und zurück, vielleicht an die fünfzig Mal.

Elisabeth heulte, sie schrie, sie tobte. Sie rief die Hilfsorganisation an. Aber sie konnten keine Verbindung zu Raimund herstellen. Sie schickten zwei Mitarbeiter zu Elisabeth, die beruhigend auf sie einredeten. Elisabeth kam sich vor wie eine Verrückte. Aber vielleicht war sie ja verrückt, aus ihrem eigenen Leben ver-rückt.

Tu was für dich, sagte eine Freundin. Was sollte Elisabeth für sich tun? Sie empfand keine Freude an den Dingen. Sie liebte Mariechen von ganzem Herzen, ja, das tat sie, aber es war langweilig und öde von einem Tagesrhythmus bestimmt zu sein, der aus essen, schlafen, spazieren gehen und wieder essen und schlafen bestand. Endlos. Tagelang. Wochenlang.

Trenn dich von Raimund, sagte eine andere Freundin, schmeiß ihn raus, er benutzt dich nur als Hotel. Der ist so egoistisch, dass er das ganze Elend der Welt auf sich lädt und du bleibst auf der Strecke. Die Freundin hatte Recht, Elisabeth blieb auf der Strecke. Keine Verbindung zu Raimund.

Es wurde Sommer, es wurde Herbst. Dann kam Raimund und blieb bis November. Elisabeth machte ihm Vorwürfe und als sie bemerkte, dass er nicht darauf einging, brach sie in Tränen aus. Raimund fuhr ab nach einem Streit. Später erfuhr sie, dass er keinen Einsatz hatte und einfach so verschwunden blieb für mehrere Wochen. Dann kam die Flut in Thailand und der Jahreswechsel ohne Raimund.
Elisabeth träumte, wie sie am Strand in Thailand stand. Die vielen Toten standen vor ihr und konnten nicht fassen, dass sie tot waren. Ungläubig sahen sie Elisabeth an. Hilf uns, bitte hilf uns, sagten sie zu ihr. Was soll ich denn tun, sagte sie ihnen, davon erwachte sie erschrocken und tränenüberströmt mit Herzrasen. Das Kind schrie im Nachbarzimmer. Raimund blieb vier Monate in Thailand.

Elisabeth begann stundenweise zu arbeiten für eine Bibliothek, die Nachlässe von verstorbenen Künstlern archivierte. Sie freute sich, sie war begeistert, ihre Kolleginnen konnten mit ihrem Enthusiasmus nichts anfangen. Ihre Arbeitsstellen waren so lange sicher, wie die Nachlässe aufgearbeitet wurden, also hatten sie alle Zeit der Welt.

Im Sommer fuhr sie ihren Vater besuchen. Er fluchte über Koslowski, der ihn nach seiner Meinung am Gängelband hielt. Er hatte Schmerzen in der Herzgegend. Ein Artikel über staatsnahe Künstler war in der Zeitung erschienen. Der Name des Vaters war an erster Stelle genannt, er rang nach Luft und musste sich setzen. Dann schaltete er den Fernseher ein. Die Leinwände blieben während ihrer Anwesenheit leer.
- Was macht dein Pfadfinder?, fragte er so scheinbar nebenbei.

- Raimund ist kein Pfadfinder.
- Du bist Mitte dreißig, Elisabeth, du bist attraktiv, du bist intelligent und du wartest auf deinen Märchenprinzen, der dich wach küsst.
- Ich warte nicht.
- O.K., das Wort intelligent streichen wir. Du bist wie deine Mutter, von der hatte ich auch erwartet, dass sie was aus sich macht.
- Sie hat dir den Rücken freigehalten.
- Das habe ich von ihr nicht verlangt.
- Aber davon profitiert.
- Wie meinst du das?
- Schon gut!

Elisabeth wollte nicht, dass er auf ihrer Mutter herumhackte. Sie hatte zwischen ihnen genug Streit erlebt.
- Ich war immerhin in New York.
- Die Betonung liegt auf *war* Elisabeth. Du warst in New York. Wenn du so weitermachst, ist deine große Zeit bald vorbei.
- Deine auch, deine große Zeit ist auch vorbei, platzte es wütend aus ihr heraus.
- Aber ich bin alt, und ich habe bereits etwas geschafft. Nach mir die Sintflut. Seht alle zu, wie ihr mit dem Erbe klarkommt. Wenn ich tot bin, ist mir das egal, scheißegal.
- Du bist aber noch nicht tot.
- Noch nicht, Elisabeth, noch nicht und den Gefallen werde ich denen allen auch nicht tun. Dem Koslowski sowieso nicht. Ich hätte mir Format gewünscht von dir. Format!

Er hustete und er sah in den Fernseher.
- Im Nahen Osten hat es wieder neue Anschläge gegeben.
- Ja, ich weiß!, antwortete Elisabeth.
- Ach, das interessiert dich also auch nicht.

Elisabeth war zwei Tage später gefahren. Martina hatte versucht zu vermitteln.

- Du weißt wie er ist. Die Sache mit Koslowski regt ihn ganz schön auf. Er fühlt sich fallengelassen nach dem Artikel. Nächstes Jahr ist sein siebzigster Geburtstag. Wenn die polemischen Artikel nicht aufhören, wird er keine Ausstellung bekommen. Das weiß er und er weiß auch, dass Koslowski ein Fähnchen nach dem Wind ist. Seine Bilder sind ins Depot geräumt worden.
Ging das tatsächlich so schnell, dass man vom Fenster weg war? Elisabeth war ratlos. Sie lag am Strand, schaute in den unschuldig blauen Himmel. Es roch nach Sonnencreme, nach Ozon und Salz. Wie eh und je plätscherte das Meer vor sich hin. Die Flugzeuge zogen am Himmel weiße Trennlinien diesseits und jenseits. So einfach war das, so einfach.

Einige Wochen später, wieder zu Hause, traf sie in der Bibliothek Helmut Hesse. Hesse kam mühsam am Stock die Treppe herauf, er atmete schwer, ergriff ihre Hand und hielt sie fest.
- Wie schön du aussiehst und wie elegant.
Seine Hand war heiß, weich und kraftlos. Elisabeth war die Begegnung unangenehm. Sie wusste, dass Hesse und ihr Vater seit dreißig Jahren kein Wort miteinander redeten. Sie hatte bei Helmut Hesse studiert und seine Vorlesungen besucht. Er richtete stets Grüße an ihren Vater aus, die dieser nicht erwiderte.
- Es gefällt mir gar nicht, was ich über deinen Vater gelesen habe, sagte Hesse.
- Sie kennen ihn ja. Er flucht und regt sich auf.
- Wir sollten eine Gegendarstellung initiieren. Ja, ich glaube, das sollten wir.
- Wozu soll das gut sein?, fragte Elisabeth.
- Du weißt, ich habe deinem Vater etliches zu verdanken.
Er hielt noch immer ihre Hand.
- Jeder, der bis drei zählen kann weiß, dass das auch wieder aufhört.

- Ach, ihr jungen Leute. Seine Augen blitzten. Kein Rückgrat, kein Rückgrat.

Das fehlte ihr heute noch, Elisabeth hatte schlecht geschlafen, weil Mariechen, seit sie vom Meer zurückgekehrt war, die ganze Nacht hustete. Und jetzt stand Helmut Hesse vor ihr und wollte sie belehren.

Meine Güte noch mal, warum konnte diese Generation nicht loslassen, warum konnten sie die Dinge nicht so sein lassen, wie sie waren: vergangen. Sie hatten sich in Kämpfe verstrickt und waren darin und damit untergegangen mit wehenden Fahnen. Jetzt am Ende ging es ums Recht behalten, ja, sie hatten ja Recht. Aber was ist Recht. Das Recht auf Tragik, das Recht auf Verstrickungen, das Recht der kalten Krieger, die Wahrheit für sich gepachtet zu haben. Wer hat hier denn Recht? Keiner, niemand. Und gewinnen wird auch keiner. Es ist ein unendlicher Krieg mit Opfern. Gibt es denn tatsächlich kein Altern mit Versöhnung und Loslassen. Was hat man denn am Ende noch zu verlieren. Die Schützengräben sind voll von den Leichen. Auf beiden Seiten.

Das hätte sie Hesse sagen sollen, als sie ihn in der Bibliothek traf und er ihre Hand nicht losließ wie eine Krake, die ihre Energie absaugen wollte, weil ihm selbst die Kraft ausgegangen war. Warum hatte sie ihm das nicht gesagt, warum hatte sie stattdessen freundlich gelächelt und sich dann höflich verabschiedet? Was hatte sie zu verlieren? Hesse saß nicht mehr in der Prüfungskommission und sie musste ihm nichts mehr vorbeten, von dem sie glaubte, dass er es hören wollte. Hesse und der Vater sprachen nicht miteinander, aus welchem Grund auch immer, sie musste also nicht höflich sein.

Elisabeth war zurück an ihre Arbeit gegangen, an ihren Schreibtisch und träumte von der heimlichen Hoffnung auf eine bessere Zukunft: dass Raimund endlich zurückkommen würde,

Mariechen keinen Husten mehr hätte. Draußen im Innenhof bekamen die Bäume langsam gelbe Blätter wie jedes Jahr. Und wie jedes Jahr fegte der Hausmeister sie zusammen und der Wind fegte sie wie jedes Jahr wieder auseinander.
Soviel Unordnung gab es nicht einmal in New York, da kamen die Kehrmaschinen zu geregelten Zeiten in Manhattan. Da fuhren alle Autos aus ihren Parklücken, wenn die Sperrzeiten für die Kehrmaschinen galten, parkten unmittelbar wieder ein nachdem die Kehrmaschine vorüber war, und die Autofahrer blieben sitzen in ihren Autos, bis die Sperrzeit von zwei Stunden abgelaufen war und das Parkverbot aufgehoben wurde. Absurditäten aus Mangel an Parkplätzen. So etwas war ihr immer in fremden Städten aufgefallen, weil da die Aufmerksamkeit geschärft war wie ein frisch geschliffenes Messer. Was die Menschen nicht alles so aus Gewohnheit tun und sie bemerken es nicht einmal. Sie passen sich den Widerständen an ohne darüber nachzudenken, ohne etwas in ihren eigenen Gewohnheiten ändern zu wollen.
Warum dachte sie jetzt gerade an den Herbst in Manhattan? Einmal nachts, als sie mit Konny aus der Galerie kam und auf dem Bahnsteig stand, hörten sie die U-Bahn quietschen und bremsen. Jemand hatte sich auf die Gleise vor den Zug geworfen. Sie kamen weder vor noch zurück und sie mussten warten, bis der Notarztwagen kam, die Feuerwehr. Die Umstehenden taten, als würde so etwas jeden Tag passieren, und warteten geduldig, bis die Leiche von den Gleisen getragen wurde, der Feuerwehrmann die Strecke wieder freigab. *It's cleaning!*, sagte er. *It's cleaning!*
Elisabeth schaute auf das Laub, das sich im Kreise des Windes bewegte. Warum hatte sie Hesse nichts gesagt?

Sie hatte noch einmal mit dem Vater telefoniert vor zwei Wochen. Es war ein merkwürdiges Gespräch gewesen. Elisabeth berichtete von ihrer Begegnung mit Hesse. Der Vater schwieg am anderen Ende, ein trotziges, verbittertes Schweigen. Sie sprachen über Mariechens Husten, der Vater von den ersten Herbststürmen an der Ostsee. Dann brach das Gespräch ab. Elisabeth versuchte zurückzurufen, aber niemand ging am anderen Ende an das Telefon. Später rief Martina an, dem Vater ginge es nicht gut. Aber wer konnte zu diesem Zeitpunkt ahnen, dass es so ernst war. Elisabeth hatte es geahnt. Der Schalthebel für den Selbstzerstörungsmechanismus war bereits gedrückt.

- IV -

In der Nacht hörte Elisabeth einen Schrei, dann ein lautes Poltern. Danach war es still, beängstigend still. Sie stand auf und lief über den kalten Flur. Auf dem Treppenabsatz saß Martina im Schlafanzug und hielt sich ihren Fuß. Elisabeth beugte sich zu ihr. Sie sah zum ersten Mal so nah ihre große Narbe über dem Knöchel.
- Es ist nichts, es ist nichts, sagte Martina und wollte aufstehen, aber es gelang ihr nicht.

Elisabeth fasste den Fuß an, Martinas Haut fühlte sich trocken und schuppig an.
- Ich glaube nicht, dass es etwas Ernstes ist, sagte Elisabeth und ging in die Küche zum Kühlschrank, um Eis zu holen.

Sie wickelte den Eisbeutel in ein Geschirrhandtuch, legte ihn Martina auf den Fuß und setzte sich neben sie. Einen Moment lang war es sehr still.
- Was meintest du heute mit Mitleid, du möchtest kein Mitleid?
- Ich habe mehrmals in meinem Leben alles verloren, alles was ich besaß. Das Dach über dem Kopf, Geld, die Existenz. Alles. Bei dem Unfall wieder. Und jetzt. Vielleicht ist mir das alles zuviel, dein Vater, Koslowski.
- Was hat Koslowski damit zu tun?, fragte Elisabeth erstaunt.
- Alte Geschichte, uralte. Aber warum erzähle ich dir das Alles? Es ist kalt, es ist mitten in der Nacht.
- Vielleicht ist es ja jetzt Zeit alte Geschichten aufzurollen?
- Wozu soll das gut sein?
- Ich weiß nicht, für den inneren Frieden.
- Frieden?
- Ihr seid eine komische Generation.
- Das willst du mir gerade sagen.
- Ihr kommt mir vor wie Maulwürfe, die ans Licht geraten

und orientierungslos herumlaufen. Im Zweifelsfall auf die befahrene Straße. Das will ich verhindern.
- Ha, das meinst du doch nicht ernst.
- Der Krieg und die Zeit danach haben bei euch soviel gedeckelt. Und jetzt im Alter pfeift der Schnellkochtopf wie bei Überdruck.
- Hör auf mit dem euch und ihr. Es gibt kein ihr oder euch. Und überhaupt, ich kann dich nicht verstehen, wie man soviel denken muss und alles so kompliziert gestalten.
- Weil es hilft die Dinge zu klären.
- Und manchmal gibt es nichts zu klären. Gute Nacht, Elisabeth, gute Nacht!
Elisabeth half Martina auf und begleitete sie zum Zimmer. Jetzt hinkte Martina tatsächlich.

Elisabeth konnte nicht wieder einschlafen. Sie stand auf und ging in die Küche. In was für einen Film war sie geraten. Es kam ihr alles unwirklich vor. Sie kauerte sich in einen Korbsessel in der Küche und begann, ihre großen Zehen zu bewegen, so lange, bis sie ihre Fassung wieder zurückgewann: Es war Spätherbst, es war mitten in der Nacht. Der Vater war tot. Soviel zu den Fakten. Alles was jetzt kam, war ihre Entscheidung. War es das, was sie ängstigte und ins Bodenlose fallen ließ? Sie hatte keinen Rückhalt mehr. Aber hatte sie ihn jemals gehabt. Oder war tatsächlich alles nur eine Frage des Bewusstseins, wie Raimund behauptete. Raimund, wo bist du jetzt bloß, warum bist du jetzt nicht hier? Ich könnte mich so wunderbar hinter dir verstecken. Du wüsstest, was es zu tun gäbe. Ich bräuchte kein schlechtes Gewissen gegenüber Mariechen zu haben, dass ich in Gedanken nicht anwesend bin. Du würdest das erledigen. Koslowski hätte sich nicht getraut, uns sitzen zu lassen. Raimund, warum lässt du mich hängen, warum sitze ich hier alleine mitten in der Nacht?

Während du versuchst das Elend in der Welt kleiner werden zu lassen. Du sagst, es ist manchmal nur ein Lächeln, für das du das auf dich nimmst: die Entbehrungen, die Enttäuschungen, die Niederlagen, die Krankheiten, der Hass, der Tod.
Raimund, warum lässt du mich so hängen, warum sitze ich hier.
- Komm in deine Kraft!
Elisabeth sprang vom Stuhl auf. Der Stuhl knarrte und ächzte. War das Raimunds Stimme. Nein, aber woher kam sie. War es schon so weit, dass sie Stimmen hörte. Sie hatte gestern Abend zwei Kognaks getrunken, aber ob das reichte, Stimmen zu hören. Elisabeth war unwohl zumute, als ob sie nicht allein hier wäre. Es war dunkel draußen. Wer sollte sich hier hereinschleichen. Sie bewegte wieder ihre Zehen. Nur nicht verrückt werden. Mariechen brauchte sie. Es war nicht der richtige Zeitpunkt zum Durchdrehen. Es reichte, dass Martina die Treppe hinuntergefallen war. Es gab noch etliches zu erledigen, wenn Martina jetzt ausfiel, wer sollte sich dann um die Details der Beerdigung kümmern. Sie bewegte die Zehen vor und zurück.
In was für eine Kraft, verdammt noch mal? Lasst mich doch in Ruhe, ich bin müde, ich kann nicht mehr, ich will schlafen. Elisabeth bewegte ihre Zehen vor und zurück, rechtsherum, linksherum. Nur nicht verrückt werden.

- V -

Und es trug sich zu vor langer, langer Zeit, als die Tiere noch einvernehmlich miteinander lebten, so auch der Adler, und die Schlange. Doch eines Tages fraß der Adler getrieben von Gier und Hunger, die Eier der Schlange. Die Schlange war darüber so erbost, dass sie sich in einem toten Schakal verbarg und wartete, bis sich der Adler näherte. Dann sprang sie aus dem toten Schakal hervor und griff den Adler an, verfluchte, und warf ihn in ein großes tiefes Erdloch, sollte er darinnen elend und schmerzvoll umkommen. Nun kam es, dass es einen König im Land gab, der keine Nachkommen hatte. Er fragte die Weisen des Landes und sie antworteten ihm, du musst zu dem Adler gehen, nur der kann dir helfen und dich zur Göttin der Fruchtbarkeit bringen. Der König ging zu dem tiefen Erdloch, wo der Adler dahinsiechte, und sagte: *Wenn du mich zur Göttin der Fruchtbarkeit bringst, befreie ich dich aus deinem Elend.* Der Adler brachte den König hoch in den Himmel zur Göttin der Fruchtbarkeit. Sie weihte den König in ihre Geheimnisse ein und der König gewann Einblick in Leben und Tod und kehrte mit diesem Wissen zur Erde zurück. Der König bekam Nachkommen, doch sein Wissen war in keine guten Händen geraten. Es brachte Krieg und Zerstörung, weil die Menschen jetzt glaubten, sie seien die Herrscher über Sein und Werden, aber sie waren es nicht. Und so kam es, dass sie auf immer wie der Adler in einem tiefen Erdloch blieben ...

- Das ist keine schöne Geschichte, sagte Mariechen zu Martina. Elisabeth kam gerade zur Küchentür herein, als Martina ihre Brille absetzte und das Buch zur Seite legte. Elisabeth war am Morgen über den Friedhof gegangen und hatte in Gedanken die nächsten Tage durchgespielt. Sie war jetzt erschöpft von der Unruhe der Nacht, müde und angestrengt.
- Das finde ich auch, das ist keine gute Geschichte, sagte sie.

- Aber sie ist wahr, antwortete Martina.
- Ob wahr oder nicht, Geschichten müssen schön sein.

Elisabeth sah auf das Buch *Der Etana-Mythos, der Untergang vom Mutter-Paradies.*
- Musst du dem Kind so etwas vorlesen?, fragte sie.

Martina verzog beleidigt ihr Gesicht. Obwohl nach dieser vergangenen Nacht alles wieder normal schien, Martina mit ihrer Krücke durch die Räume stolzierte, war zwischen Elisabeth und Martina ein gereizter Ton eingezogen. Sie beobachteten sich gegenseitig. Unausgesprochenes lag in der Luft.

Draußen auf dem Hof fuhr ein Cabrio mit Berliner Kennzeichen ein und hielt dort. Elisabeth und Martina sahen sich an und wussten sofort, wer aus dem Auto steigen würde, zu wem dieser Wagen passte: Konny.

Konny war also in Deutschland und hatte vom Tod des Vaters vermutlich aus der Zeitung erfahren.

Elisabeths Herz flatterte und schmerzte. Sie hatte Konny seit fast fünf Jahren nicht gesehen.

Wieso kam er jetzt? Witterte er ein Geschäft oder war es alte Verbundenheit?
- Wie viele Jahre wart ihr zusammen?, fragte Martina, als es an der Tür klingelte.

Sie stolzierte mit ihrem Gehstock über den Flur wie in einem Boulevardtheater. Ja, vermutlich war es das – ein Boulevardtheaterstück. Elisabeth musste lachen. Mit dieser Erkenntnis ging es ihr plötzlich besser. Es war wie eine Erleichterung: Boulevardtheaterstück! Ja, und sie war eine Mitspielerin. Sie lachte und lachte, selbst als Konny schon vor ihr stand. Er sah sie irritiert an und reichte ihr die Hand.
- Was ist aus der Schlange geworden?, fragte am Abend Mariechen.
- Ich denke, sie haben sich irgendwann wieder vertragen und die alte Geschichte vergessen.

- Ich glaube, ich weiß jetzt wie das ist, sagte Mariechen, um das Herz ist eine rosa Schleife, damit die Seele nicht raushopst. Bei Opa ist die Schleife aufgegangen.
- Wie kommst du denn auf so etwas?, fragte Elisabeth.
Wer weiß was Martina Mariechen alles erzählt hatte.

Elisabeth ging hinunter zu Konny in die Küche. Sie waren beide den ganzen Tag umeinander geschlichen. Jetzt nahm Elisabeth eine Flasche Wein und ging mit Konny ins Wohnzimmer.

- Was willst du?, fragte sie, warum bist du gekommen.
Konny lachte sein typisches unbeholfenes kindliches Lachen, sodass man ihm nichts übel nehmen konnte.
- Du bist nicht ohne Grund gekommen, bestimmt nicht aus alter Sentimentalität, sagte Elisabeth und sie überlegte, wann und wo sie Konny das letzte Mal gesehen hatte und sie wartete auf ein Gefühl der Trauer – aber nichts davon, nicht einmal die Erinnerung.
- Wie geht es dir?, fragte er.
- Wie soll es mir gehen. Gut. Den Umständen entsprechend. Ich esse, ich trinke, ich habe ein Dach über dem Kopf, was will ich mehr.
Konny schwieg.
- Ich habe eine Kontonummer, ich gehe arbeiten, ich ziehe ein Kind groß. So nebenbei, wie du bemerkt hast.
Elisabeth spürte ihren eigenen gereizten Ton. Sie wusste, dass es albern war so zu reden, aber sie konnte nicht wieder aussteigen. Sie saß in einem falschen Zug, der sich aus dem Bahnhof schob und sie musste auf den nächsten Halt warten. Ihr war es nicht recht, dass Konny jetzt hierher kam, warum hatte er nicht warten können, wenigstens bis zur Beerdigung.
Es war der falsche Moment, sie hatte ihre Fassung noch nicht wiedergewonnen. Sie stand auf einer schwankenden Brücke.
- Was ist aus deinen Träumen geworden, Elisa? Du wolltest malen.

- Ein Künstler in der Familie reicht.
- Da wäre ja jetzt Platz für dich.
- Nun ist aber gut, Konny, mein Vater ist noch nicht unter der Erde.
- Du weißt, ich habe deine Bilder gemocht.
- Du hast auch andere Dinge gemocht.
- Was meinst du damit?
- Blonde Frauen.
- So, ein Blödsinn.
- Die Parker-Schwestern, brodelte es aus Elisabeth heraus.
- Ich habe mit den Parker-Schwestern nie etwas zu tun gehabt.
- Hör auf Konny!
- Ehrlich!
- Hör auf!

Elisabeth ging aus dem Raum, sie war ärgerlich. Irgendetwas war ganz von unten nach oben gesprungen. Ein alter Groll war wie aus einem verstopften Abfluss herausgeplatzt und nun quoll und quoll es. Wut quoll aus ihr heraus. Nun stritt Konny auch noch die Affäre mit den Parker-Schwestern ab. Sie hatte auf Konnys Kopfkissen genügend lange blonde Haare gefunden, die die Festnahme der üblichen Verdächtigen gerechtfertigt hätte.
Elisabeth hatte ihre Taschen gepackt, nach zwei Jahren Rausch und Taumel *How are you, Oh nice, I love you*, den Cocktails und dem sich überall zeigen müssen, weil es gut für die Galerie war, die an der Oberfläche plätschernden Gespräche, die Einladungen, die Bars, die nicht enden wollenden Nächte. Sie hatte genug bewiesen, dass sie besser war, frischer, kreativer, auch wenn oder gerade weil sie aus dem Osten kam. Das war nicht einfach in New York. Der Osten ist eine Himmelsrichtung, hat Raimund später dazu gesagt, nicht mehr und nicht weniger.

Elisabeth war in das Flugzeug gestiegen – sollte Konny sehen, wie er mit seiner Galerie klarkam. Sie hatte sich ausgenutzt gefühlt. Elisabeth hatte die Konzepte entwickelt, die Kontakte mit den Galerien hergestellt, alles organisiert. Konny ließ sich von seinen Kunden in der Presse feiern mit Schlagzeilen wie: *Der Galerist aus dem Osten erobert New York*. Keine Ahnung hatte Konny von Kunst, nur die große Klappe, sonst nichts. Ja, er konnte verkaufen, das war sein großes Plus, vor allem aber sich selbst. Konny verkaufte das Markenzeichen Konny im Nadelstreifenanzug, dicke Zigarren rauchend. Konny war seine eigene Inszenierung. Das tat er perfekt. Oh, wie sie das anwiderte, da konnte einem schlecht werden. Ihr war die letzten Monate sehr schlecht.

Elisabeth stand vor der Haustür unter einem sternenklaren Himmel und atmete tief. Warum machte sie das alles so wütend? Konny kam hier an und riss die Vergangenheit, die alten Wunden und Verletzungen auf. Sie war damals aus New York geflohen und hatte die zwei Jahre hinter sich gelassen wie einen Mantel, der nicht mehr passte, weil er schrill war und nun abgenutzt. Sie war nie wieder so glücklich gewesen, so frei, so unbeschwert wie damals. Das war der wunde Punkt.

Auf dem Flughafen in Amsterdam, wo sie hatte umsteigen müssen, sah sie Raimund sitzen mit seinem Gepäck. Liebe ist, wenn es plötzlich keine Fragen mehr gibt, nur noch Antworten. Keine Frage nach dem Woher und Wohin. Es ist nur ein einziger Moment, wo die Zukunft klar vor einem liegt. Damals galt es, diesen Moment wahrzunehmen. Das war das ganze Geheimnis. Elisabeth hatte, als Raimund sie über seine Zeitung hinweg ansah, das Gefühl, als träfen sich zwei Bekannte nach einer langen Reise. Damals war das gut. Auf dem Flughafen von Amsterdam war das richtig gewesen. Aber jetzt? Unter dem sternenklaren Himmel an der Ostsee mit einem toten Vater war nichts gut, überhaupt nichts. Und das erstemal seit sie hier angekommen war, ka-

men ihr die Tränen und das Gefühl alleine zu sein in diesem unendlichen Universum.
Es waren fast zwölf Jahre gewesen, die sie mit Konny verbracht hatte. Zwölf Jahre. Konny hätte hinterher kommen können. Wenigstens bis zum Flughafen. Ihre Beziehung war ein gordischer Knoten, der nicht aufzulösen war.

Als Elisabeth in das Wohnzimmer zurückkam, saß Konny noch immer auf der Couch und blätterte in Katalogen.
- Der alte Herr hat sich aber gut informiert, meinte er.
- Es war schließlich sein Job.
Elisabeth überlegte, wie sie Konny am schnellsten loswerden konnte. Irgendetwas rief in ihr nach Klärung. Sie hatte New York wegen seiner Affären verlassen. Das war ein schmerzhafter Punkt. Wie konnte er jetzt behaupten, es wäre so nicht gewesen. Die Zeit in New York war ein Rausch, die Ereignisse schachtelten sich wie Matroschkas, immer kam etwas Neues zum Vorschein. Eine neue Idee, neue Leute, die im richtigen Moment vor der Tür standen. Die Prominenz wandelte durch die Galerie und war entzückt. Selbst Geld schien im richtigen Augenblick vom Himmel zu fallen. Hatte sie tatsächlich wegen zwei blonden Frauen Konny und New York hinter sich gelassen? Hatte sie wegen den Parker-Schwestern all das aufgegeben, was ihr soviel bedeutet hatte?

Elisabeth sah Konny an, wie er auf der Couch saß. Er war dicker geworden, aber er war noch immer der Alte und daran würde sich auch nichts ändern. Konny war seinen Weg gegangen ohne Rücksicht darauf, was andere dazu sagen könnten. Als es noch kaum private Galerien gab, hatte er in verschiedenen Abrisshäusern Bilder und Installationen ausgestellt, und die Leute kamen. Konny hatte im richtigen Moment den bleischweren Deckel gelüftet unter dem es brodelte und gärte und es nach Öffnung drängte. Konny hatte das erkannt. Er hatte den richtigen Riecher, wie man über ihn sagte. Er kannte keinen Zweifel, wenn er von einer Sache überzeugt war, unbeirrt ging er durch alles hindurch, auch durch Wände und sie taten sich tatsächlich vor ihm auf. Konny war darin von außergewöhnlicher Begabung, und er hatte Elisabeth mitgezogen in diesen Strudel, in dem es so leicht und frei war, war man erst einmal mitten drin. Im Auge des Hurrikans bist du sicher, hatte er einmal gesagt. Und: Ich bin der Hurrikan, und er hatte sich auf Elisabeth gestürzt, sie quer über die Couch gezogen und geküsst und sie hatten gelacht und gelacht. Sie hatten viel Spaß. Alles war so leicht, so einfach, am Anfang. Sie beide, das Traumpaar wie Phönix aus der Asche des Ostens: Elisabeth, die Tochter des berühmten Malers Gernhard Weiss und Konny Konrad Liefers erobern die Skyline. Manchmal kann man sich auch verlieren in den Meinungen über seine eigene Person.

Es war wie eine Droge, ein Rausch und es war der berühmte Flow nach dem alle suchen. Elisabeth war daraus aufgewacht, als der Arzt ihr die Ultraschallbilder zeigte. Dieser Moment änderte alles. Sie fuhr mit den Bildern zurück nach Manhattan in die Galerie und sie schwieg. Tagelang, wochenlang. Elisabeth wurde zum Zeugen ihres eigenen Lebens und beobachtete, was um sie herum passierte wie jemand, der aus einem tiefen Schlaf erwacht war. Mit aller Deutlichkeit sah sie die Lügen und die Verstrickungen, sie sah all die Oberflächlichkeit und sie sah, wie Konny schon lange weit weg, sehr weit weg es sich in einem anderen Leben bequem gemacht hatte. Er brauchte Anerkennung, er benötigte Aufmerksamkeit wie ein Süchtiger, der hungert nach Liebe. Bitte, bitte, hab mich lieb! Sie legte die Bilder mitten auf den Tisch, aber Konny bemerkte nichts, er rollte die Pläne von dem Grundriss einer neuen Galerie darüber aus. Größer, heller, noch zentraler und noch hipper sollte sie werden.

- Ich kann nicht mehr Konny, hatte Elisabeth gesagt, ich kann nicht mehr.
Sie hatte es zu leise gesagt im übergroßen Lärm.
Es gibt Augenblicke im Leben, wo man zuhören sollte, einen kurzen Moment innehalten. Es gibt manchmal viel zu sehen, wenn man einfach nur hinschaut und hinhört.
Soviel stand fest. Das war so ein Augenblick und Konny und Elisabeth hatten es verpasst. Unwiederbringlich.
Er brauchte Elisabeth für die theoretische Arbeit im Hintergrund, er brauchte Elisabeth in seinem Leben als Wärmequelle, als Auftankstation, aber er würde es niemals zugeben. Niemals.

Und so enden die Geschichten. Es gibt keine Erklärung, es gibt nicht einmal ein richtiges Ende. Es verläuft im Nichts wie ein Aquarell, auf das man zuviel Wasser gibt. Die Konturen verschwimmen. Die Farben werden undeutlich. Ein achtloses Zuviel, ein zögerliches Zuwenig und so ist Wirklichkeit nicht mehr dringliche Wirklichkeit. So werden Wünsche und Hoffnungen verwässert. Sie hatten das Endbild verdorben im großen See der Wahrscheinlichkeiten.
Irgendwann kommt die Wut, die Traurigkeit, die Zurechtrückungen fernab aller Wahrheiten. Die konstruierten Erklärungen. Und der Schmerz wie eine Woge, eine Welle, die einen unter Wasser drückt und den Atem nimmt. Ja, so ist das. Und wenn man Glück hat, erscheint der helllichte Moment, der sagt: Ja, die Zeit ist vorbei. So einfach ist das. Die Zeit war abgelaufen. So wie ein Spiel abgepfiffen wird. Und wir haben die Dinge so zu nehmen, wie sie sind in diesem Augenblick. Es gibt kein Davor und kein Danach mehr. Keine offenen Hintertüren, keine Wegkreuzungen, keine Ausflüchte. Nur ein Ergebnis als Folge all dessen. Es ist vorbei. Die Potenzialitäten sind ausgeschöpft. Die Energie ist weg. Die Kraft und die Liebe. Ja, auch die Liebe. Manchmal kann auch die Liebe verschwinden. In einem einzigen Moment, so wie ein Luftballon platzt. Ffft! Ganz schnell,

ganz plötzlich. Und es gibt nicht einmal einen Knall, weil die Luft schon leise und unbemerkt über lange Zeit ausgetreten ist.

Und jetzt saß Konny hier, weil er sie wieder brauchte. Deshalb saß er hier auf der Couch, deshalb war er aus Berlin gekommen, deshalb hatte er sich auf den Weg hierher begeben. Es musste ihn viel Überwindung gekostet haben. Mariechen war sein Kind. Er wusste es und hatte es noch nie gesehen, außer auf Babyfotos, die ihm Elisabeth mehr aus schlechtem Gewissen schickte.
Was war passiert, dass Konny hier auftauchte. Eine enge Verbundenheit zu ihrem Vater war es auf alle Fälle nicht. Beide bewunderten sich zwar auf eine gewisse Art, Konny war beeindruckt von Elisabeths Vater, wie er thronte und regierte auf seinem Landsitz, wie er lebte mit seinem Wissen und wie er damit malte: jähzornig, rücksichtslos und wütend jedem gegenüber, der ihn störte. Wie er brüllte und seine Türen verschloss, egal, ob Besucher davor standen. Ich will meine Ruhe schrie er durchs Haus, lasst mich alle in Ruhe. Elisabeth zuckte jetzt noch zusammen in Erinnerung daran. Konny fand das lustig.
- New York, was will ich in New York, hatte der Vater gesagt. Das, was ich hier mache, interessiert dort keinen, aber er irrte sich.

Der Vater hatte alle Männer, die sich Elisabeth näherten, vertrieben, Konny gegenüber hatte er Respekt. Er mochte seine Unbekümmertheit, sein Schweben über den Dingen, seine kindliche Art Ideen zu spinnen, die tatsächlich Realität wurden. Sie hatten beide Visionen, darin waren sie sich ähnlich und beide benötigten ungeteilte Aufmerksamkeit und Anerkennung.

Elisabeth sah Konny an. Da war ein alter Zauber, verschüttet, aber er war noch da. Konny war wirklich dick geworden, ob die Parker-Schwestern ihn jetzt noch ... Elisabeth ver-

scheuchte den Gedanken. Letztendlich war es ihr abgelaufenes Visum, das sie gehen ließ. Konny hatte nicht den Versuch unternommen sie zurückzuholen. Also was wollte er? Konny war jetzt Mitte vierzig, noch lange kein Alter für Einsamkeits- und Todesangst, eine Midlifecrisis schon eher. Die Galerie lief vielleicht nicht so gut. Elisabeth hatte vor kurzem einen Bericht über die Bienale in Venedig gelesen, Konnys Name war genannt, seine Niederlassungen in Berlin, Köln, Frankfurt. Warum war New York nicht erwähnt?
- Was bedeutet deine Bemerkung, New York sei nicht mehr dasselbe seit dem 11. September?, fragte Elisabeth.
- Die Wahrheit ist, dass du mich in New York hast sitzen lassen, sagte Konny.
- Du hast es überlebt!
- Die Galerie aber nicht.
- Oh, das wusste ich nicht, normalerweise sprechen sich schlechte Nachrichten schnell herum, wann?, fragte Elisabeth.
- Vor einem halben Jahr habe ich aufgegeben.
- Du hast noch andere Galerien, habe ich gelesen.
- Das ist nicht New York. New York war unser Traum, weißt du noch?

Elisabeth lachte, ja, sie wusste noch. Das war 1988 gewesen, vor dem Mauerfall. Sie hatten in der Kneipe gesessen und getrunken, als Leute vom Film an den Tisch kamen, ein Kameramann, drei Berliner Schauspieler und ein Tontechniker. Sie zogen durch die Innenstadt, als die Kneipe schloss und wollten in einer Nachtbar weitertrinken. Aber sie kamen nirgends an dem Portier vorbei. So landeten sie in einem Nobelhotel der Stadt und fuhren vorerst unbemerkt mit dem Fahrstuhl in die 22. Etage, weil dort irgendwo eine Bar sein sollte. Sie liefen durch die mit roten Teppichen ausgelegten Gänge. Einer der Schauspieler öffnete einen Kühlschrank und holte die gecrashten Eiswürfel aus dem Kühlschrank und steckte davon einige in Elisabeths Dekolleté. Elisabeth kreischte und die anderen kickten die Eiswürfel über den roten Plüschteppich. Konny nahm Elisabeth mit zum Fenster, von so hoch oben hatte sie die Stadt noch nie gesehen. Sie lag zu ihren Füßen. Die Stadt. Das Leben. Alles. Lass uns nach New York gehen, sagte Konny in diesem trunkenen Moment. Und Elisabeth schrie: Ja, ja, Ja! Dann kam der Sicherheitsdienst des Hotels.

- New York war dein Traum, Konny, nicht meiner.
- Dir hat es aber gefallen.
- Mir hat alles gefallen mit dir. Ich wäre mit dir bis nach China gegangen, wenn du es von mir verlangt hättest.

Konny legte sich die Zeitung auf den Kopf und zog seine Augen mit den Fingern zu Schlitzen und maunzte. Elisabeth lachte wie erwartet, ach, Konny!
- Wir waren ein gutes Team, sagte er.
- Ja, aber jetzt bin ich drei Straßen weiter.
- Bei deinem Nachlassverein?

Darauf war Elisabeth nicht vorbereitet. Konny traf voll in ihre Wunde. Dabei hatte Elisabeth sich Mühe gegeben sich ihre Enttäuschung nicht anmerken zu lassen. Es blutete und es schmerzte.
- Eins zu null für dich, sagte sie, und nach einer Pause, ich habe aufgehört zu kämpfen. Es war schön, es war aufregend. Aber im Grunde habe ich es für dich getan, ich wollte dir gefallen, ich wollte toll sein, ich wollte gewinnen. Und ich wollte es meinem Vater zeigen. Sieh, ich habe es geschafft. Er saß hier in der ostdeutschen Provinz mit seinen Ansichten aus dem kalten Krieg. Er fluchte und schimpfte. Ja, natürlich hatte er Recht. Aber ich wollte hier raus. Seine Bilder wurden düster. Er wiederholte sich. Keinen Schritt konnte man mit ihm gehen, ohne dass er laut Kapitalistenschweine gerufen hat. Einmal, als wir nachts von einer Ausstellungseröffnung bei Koslowski kamen, weigerte

er sich in ein Taxi einzusteigen, weil auf dem Taxi eine Reklame von der Bildzeitung war. Ich weigere mich in ein Auto einzusteigen, das diese Lügner unterstützt, schrie er auf der nächtlichen Straße, Verbrecher! Martina und ich, wir versuchten ihn zu beruhigen, zwecklos. Er nahm Martinas Krücke und klopfte damit auf das Autodach. Das wurde ein langer Heimweg.
- Er hat sich beruhigt, sagte Konny.
- Ja, Koslowski hat ihn gezähmt. In diesem Zustand hätte er keine Ausstellung mehr bekommen. Und ihm ging es schließlich um Anerkennung.
- So wie dir.
- Ja, so wie mir.
- Deine Erfahrungen bei der Nachlassaufbereitung kannst du zumindest jetzt gut nutzen.
- Danke, Konny, es reicht jetzt.
Konny stand auf und küsste Elisabeth. Er küsste sie tatsächlich mitten auf den Mund. Der alte Zauber trat in den Raum und erfüllte ihn. Sie kannten sich beide so gut. Jeder wusste wo die Schwachstelle des anderen war. Das unausgesprochene erschien zwischen ihnen, was wohl niemals, niemals gesagt werden würde. Das dunkle Tor der Vergangenheit war zugefallen und ließ sich nicht mehr öffnen. Die Zeit war abgelaufen. Das tat weh. Das tat sehr weh.
Elisabeth spürte den bekannten Geruch, Konnys Schultern, seine weiche Haut.
- Was ist mit den beiden Bildern?, fragte er.
Elisabeth löste sich erschrocken aus der Umarmung.
- Welche Bilder meinst du?
- Seine beiden letzten Bilder?
- Woher weißt du das, hat dir das Martina gesagt?
Hatte Konny die uneinnehmbare Festung Martina erobert, hatte er es also geschafft. Elisabeth war fassungslos. Es war unglaublich, wie Konny es schaffte und er küsste sie dabei.

- Ja, sagte sie, es gibt zwei letzte Bilder, aber ich werde sie dir nicht zeigen!
- Die Vergangenheit ist vorbei, Elisa, sie kommt nicht zurück.
- Ja, Konny, genau aus diesem Grund wirst du sie nicht sehen!
Das Tor war zu. Elisabeth konnte es nicht öffnen. Jetzt noch nicht.

In der Nacht schlief Elisabeth schlecht. Sie träumte von einstürzenden Häusern, von Flugzeugen. Als sie am Morgen in die Küche kam, saß Konny mit Mariechen am Tisch. Sie alberten, und Mariechen strahlte. Martina sah Elisabeth bedeutungsvoll an und humpelte mit ihrer Krücke um den Küchentisch. Es musste wirklich etwas passiert sein, Konny stand sonst niemals vor zwölf Uhr mittags auf und heute Morgen war er vor ihr wach.
- Wir gehen zum Strand, wir gehen zum Strand, rief Mariechen. Und bevor Elisabeth etwas sagen konnte, hatte Mariechen Konny an der Hand zur Tür gezogen. Elisabeth gefiel nicht, dass Konny sich Mariechen näherte. Die Dinge waren gut so wie sie waren. Alles hatte seine Ordnung, alles hatte seine Bestimmung, bis gestern.
- Lass ihn gehen, sagte Martina, lass ihn.

Elisabeth sah die beiden über den Hof laufen. Konny hatte Mariechen an der Hand, ihre Bommel an der bunten Mütze schaukelte bei jedem Schritt und ihre rote Winterjacke leuchtete zwischen dem gelben Herbstlaub.

- Warum bist du damals weg aus New York?, fragte Martina.
- Ich war schwanger, ein Kind konnte ich mir dort nicht vorstellen. Es hätte nicht zu unserem Leben gepasst.
- Na, wenigstens hast du dich für das Kind entschieden.
Martina schloss die Geschirrspülmaschine mit einem lauten Knall.

- Warum hast du keine Kinder?, fragte Elisabeth.
- Weil ich nicht wollte und konnte. Das waren andere Zeiten. Ich hatte den Unfall. Wer nimmt schon eine Frau, die hinkt.
- Mein Vater.
- Ja, dein Vater. Aber das ist ein anderes Kapitel. Das kam dreißig Jahre später.
- Woher weiß Konny von beiden Bildern, Martina?

Martina sah Elisabeth erstaunt an und setzte ihr Apfelmesser ab, die Schale kringelte sich unter ihren Fingern.
- Nein, sagte sie, ich habe niemandem etwas erzählt.

Martina zog wie zum Beweis den Schlüssel vom Wandschrank aus der Tasche ihrer Strickjacke.
- Es war nur so eine Frage. Ich suche nach dem Grund, warum Konny hierher kommt.
- Vielleicht wollte er euer Kind sehen.
- Konny hat sich seit fünf Jahren nicht für sein Kind interessiert.
- Du hast ihn nicht gelassen, Elisabeth, vergiss das nicht. Vielleicht liebt er dich ja noch.
- Ich habe ihn verlassen. Ich habe noch keinen Mann getroffen, dem das gefallen hat.
- Bauen wir nicht alle unser Leben auf selbsterdachten Konstruktionen auf, die wir erfinden, um uns zu rechtfertigen?
- Und wo liegt nach deiner Meinung die Wahrheit?

Am Abend reiste Konny ab. Er stieg in sein Auto, winkte und fuhr los. Er würde wiederkommen. Da war sich Elisabeth sicher. Konny würde nicht aufgeben.

- VI -

Am Nachmittag klingelte das Telefon und Elisabeth sah wie Martina Haltung annahm, sich auf die Krücke stützte und mit versteinertem Gesicht einsilbig antwortete. Koslowski meldete seinen Besuch an, ohne Worte der Entschuldigung.
- Diesmal gibt's keine Törtchen, sagte Martina und legte den Hörer unsacht auf.

Tatsächlich stand Koslowski diesmal pünktlich vor der Tür. Einzig seiner Frau Paula sah man an, dass etwas nicht stimmte.
- Wir bleiben nur kurz, nicht wahr. Das Wetter ist viel zu schön, um in engen Räumen zu sitzen. Mir wird immer übel von dem Geruch von Malmittel.
Paula verzog ihr Gesicht. Elisabeth und Martina sahen sich kurz an. Paula nicht zu mögen war ganz einfach. Ihre Hüte waren zu schrill, ihr Drang, sich um jeden Preis in den Mittelpunkt zu rücken, nervte jeden. Also schenkte man ihr Aufmerksamkeit, damit man selbst seine Ruhe hatte und die Situation nicht eskalierte.
- Haben Sie den Hund weggesperrt?, fragte Paula.
- Welchen Hund?, fragte Martina.
- Na, der Hund, der mich letztens gebissen hat.
- Wir haben hier keinen Hund.
- Natürlich haben Sie einen Hund.
- Nie gehabt, antwortete Martina und Elisabeth spürte die drohende Eskalation im Nacken wie ein Unwetter.
- Also, ich werde wohl wissen, wer mich gebissen hat. In meine Hand, hier! Paula hielt die Hand nach vorn. Es musste genäht werden mit sieben Stichen.
- Das müssen Sie geträumt haben, sagte Martina mit einem Unterton, der nichts Gutes versprach, sollte die Diskussion sich weiter fortsetzen.

Elisabeth fühlte, wie ihr Körper unter Spannung geriet.
- Halt den Mund, Paula, sagte Koslowski schließlich und Paula setze sich beleidigt auf die Couch.
- Nochmals mein Beileid, Martina.
- Schon gut, kommen wir zur Sache. Wann, wo, wie?

Elisabeth verstand nicht, warum Martina plötzlich so bestimmt war, und mit der Tür geradewegs ins Haus fiel, wo der Anstand es zumindest erforderte, ein wenig drum herum zu reden. Hatte sie etwas verpasst? In New York wäre das nicht so möglich gewesen ohne größeres Vorspiel und einem Small Talk. Dort hatten auch Frauen wie Paula mehr Stil. Sie würden es nie wagen sich so zu benehmen. Das hätte der gute Ton verboten, und wenn ihnen die Situation hundertmal gegen den Strich ginge, sie hätten ihr Gesicht gewahrt. Diese dauernde Unzufriedenheit und schlechte Laune waren ein deutsches Phänomen, das Elisabeth auf die Nerven ging. Jetzt saß Paula auf der Couch und suchte nach Hundehaaren.
- Es ist nicht so einfach, wie du dir das vorstellst, Martina, sagte Koslowski ausweichend.
- Was ist nicht einfach?

In Martinas Ton lag etwas spitzes, bohrendes. Elisabeth kannte sie so nicht. Ihr Mund hatte einen bitteren Zug bekommen. Sie saß starr auf ihre Krücke gestützt.
- Nach dem Artikel im Sommer hat sich die Lage noch nicht entspannt. In gewissen Kreisen ist man enttäuscht.
- Enttäuscht?
- Er hätte sich äußern können.
- Äußern?
- Nun, er war in dieses, ich nenne es mal euer System stark involviert. Ich will es mal so ausdrücken: man hätte sich gewünscht, er hätte sich distanziert.
- Es war sein Leben. Wie sollte er. Abschwören? Meinst du etwa abschwören? Sind wir hier bei der Inquisition? Und sie dreht sich doch, oder wie war das bei Galileo?

- Verzeih mir, Martina, aber bei euch dreht sich im Augenblick nichts!
- Wie soll man abschwören? Lassen wir es dahingestellt, wie es in der Realität war. Es ging um die Sache. Das weißt du ganz genau. Du weißt das. Und Gernhard ist Künstler. Er ist Maler. Er hat gemalt und keine Politik betrieben, wie behauptet wird.
- Man hat ihn gemocht.
- Das ist kein Verbrechen. Wir wollen alle geliebt werden.
Koslowski verzog sein Gesicht.
- Wie hättest du reagiert, wenn sie an deine Tür geklopft hätten? Was hättest du getan? Widerstanden? Wärst du von so hohen moralischen Tugenden beseelt gewesen? Kannst du das von dir behaupten?
Ah, daher weht der Wind. Edward Koslowski, das Fähnchen. Du hast immer schon zugesehen, wie du mit deinem Hintern an die Wand gekommen bist. Dafür war dir jedes Mittel recht. Das nimmst du Gernhard übel, das hätte er nie getan, irgendetwas zu verraten!
- Hör auf mit den alten Kamellen, Martina.
- Wie sollte ich das jemals vergessen, Ede! Jemals?
Martina stand auf und klopfte mit ihrem Stock auf.
Elisabeth verstand nicht, was hier gerade ausgegraben wurde, aber es schien alte Wurzeln zu haben. Paula stieß sie mit dem Ellenbogen an.
- Glauben Sie mir, es war ein Terrier. Ganz bestimmt, es war ein Terrier.
- Es geht dir ums Geld, Ede. Ums Geld und um nichts anderes!, sagte Martina wütend.
- Ich habe euch geholfen damals, als du mich darum gebeten hast, Martina. Da habe ich Gernhard Türen und Tore geöffnet. Die Museen haben bei euch Schlange gestanden. Ihr habt so viele Bilder verkauft wie niemals zuvor. Ich habe meine Schuld abgearbeitet.

- Schuld? Wer spricht hier von Schuld. Und außerdem hast du auch daran verdient und nicht schlecht. Wenn jemand nicht selbstlos ist, Ede, dann bist du das.
- Ist das nicht eine Frechheit, sagte Paula. Wir sollten gehen! Sie stand von der Couch auf.
- Setz dich, Paula, sagte Koslowski bestimmt. Und du zeig mir die Bilder!
- Ich werde dir gar nichts zeigen! Martina ließ sich auf den Sessel sinken und verschränkte die Arme.
- Wer im Glashaus sitzt, sollte nicht mit Steinen werfen, sagte sie.

Martina öffnete sich ein wenig, offensichtlich hatte sie einen Trumpf aus dem Ärmel geschüttelt, denn Koslowski zuckte zusammen und seine Mundwinkel zitterten. Dann war es still und man hörte nur noch die Uhr ticken, während Martina sich im Sessel zurücklehnte und lächelte, als hätte sie eine Ewigkeit auf diesen Moment gewartet.
- Wir sollten in Gernhards Atelier weiterreden, sagte Koslowski und Martina antwortete:
- Wie du meinst, und sie verschwanden beide im Arbeitsraum.

Elisabeth verstand nichts mehr. Sie ließ Paula sitzen und lief über den Flur, um an der Tür zu horchen. Aber sie konnte aus dem Wortwechsel nichts entnehmen, als Paula plötzlich neben ihr stand. Sie rückte ganz dicht an Elisabeth heran und sagte mit vertraulicher Stimme in ihr Ohr:
- Sie hatten was miteinander!
- Martina und Koslowski? Ich denke Martina und Hesse?
- Sie sind aber schlecht informiert, triumphierte Paula, der auch!
- Ach du meine Güte, sagte Elisabeth. Martina war wohl heißbegehrt!
- Das kann man wohl sagen! Ich dachte, sie wussten das.
- Ich war in New York lange Zeit.

Das war eine gute Ausrede. Ihr Aufenthalt in New York war immer eine gute Ausrede.
Erst jetzt wurde ihr klar, wie wenig sie über Martina wusste. Elisabeth erinnerte sich an ein Porträt von Martina, das der Vater in seinen Jugendjahren gemalt hatte und das viele Jahre in seinem Arbeitsraum gestanden hatte. Die Mutter sprach von einer früheren Freundin, manchmal stand es falsch herum an die Wand gelehnt. Ab und zu kam Martina zu Geburtstagen und brachte Tulpen aus ihrem Garten. Elisabeth fand sie merkwürdig und undurchschaubar, ihre mädchenhaft blauen Augen leuchteten offen in die Welt, ihr undurchdringliches Gesicht stand dazu im Gegensatz. Sie strich mit ihrer weichen Hand über Elisabeths Kinderkopf.
- Tulpen aus meinem Garten, sagte ihre Mutter dazu verächtlich, wenn sie die Geburtstagsblumen in die Vase stellte, als ob wir keine Tulpen in unserem Garten hätten!
- Aber nicht so schöne, hatte Elisabeth einmal gesagt und bemerkt, dass Martinas Blumen alte Wunden aufrissen.
- Die hat ja auch den ganzen Tag nichts anderes zu tun, als sich um ihre Blumen zu kümmern, bekam sie zur Antwort.
Aber das ist doch etwas Schönes, hatte Elisabeth damals gedacht, schwieg aber lieber.

Als Martina nach dem Tod der Mutter Einzug in das Haus hielt und den angeschlagenen Vater auf ihre so eigene Art zähmte, war Elisabeth froh gewesen, dass sich jemand um ihn kümmerte, froh, dass es sich so fügte. Elisabeth und Martina waren nett zueinander, wie zwei Fremde, die sich an einer Bushaltestelle treffen und über das Wetter plaudern, im Wissen um die Begrenztheit ihrer gemeinsamen Zeit.

Elisabeth war nach New York gegangen. Weg, weit weg nach dem Tod der Mutter. Sie überließ Martina den Vater. Er malte wieder helle Bilder, wo das Licht hineinfloss. Martina öffnete sein Herz ein wenig. Der Vater wurde wieder versöhnlicher und milder. Es ging ihm wieder gut, warum sollte sich Elisabeth also Sorgen machen. Sie selbst war damit beschäftigt die bleierne Schwere der letzten Jahre zu vergessen. Sie sog die Energie von New York auf wie ein Schwamm, es war wie das schnelle Vorspulen einer Videokassette, alles war unglaublich energiegeladen und hektisch, ein Ereignis überlagerte das andere. Elisabeth kam nicht zum Atemholen, sie schlief zu wenig, sie trank zuviel, sie arbeitete ununterbrochen bis zu dem Moment auf dem Flughafen, als Raimund zu ihr sagte: Komm nach Hause. Dieser Satz löste eine Lawine aus, einen Strudel, der alles hoch holte, was da zugedeckt war. Diese Sehnsucht nach dem Ort, wo alles gut war. Goor. Goor. Aber Goor war nie ihr Zuhause gewesen. Aber wo war dieses Zuhause-Sein?

Hier in Goor auf der Insel, wohin sich der Vater vor fünfundzwanzig Jahren zurückgezogen hatte, sich mit dem Geld eines Preises dieses Haus gekauft hatte, um hier seine Bilder zu malen. Es war nicht ihr Zuhause. Es war niemandes Zuhause. Auch das von Martina nicht, das vom Vater nicht. Er war hier isoliert, vergrub sich in seine Arbeit, in seine Ideen. Ein Rückzugsort von der Welt, die da draußen ihren Wahnsinn austobte. Seine Bilder wurden dunkel. Er haderte mit seinem Erfolg, mit der Anerkennung, die ihm nicht genügte, mit der Vergangenheit, mit den Menschen. So etwas ist tödlich. Es war tödlich. Erst für die Mutter und dann, jetzt? Wem wird es nützen? Koslowski oder Konny? Wer würde die Bilder bekommen und zu welchem Preis? Ging es jetzt nur noch um das Geld?

Martina und Koslowski saßen seit einer halben Stunde zusammen im Atelier. Es war still, es war nichts zu hören. Kein Streitgespräch, nichts. Elisabeth lief über den Flur und horchte erneut. Kein Geräusch, nichts. Sie ging in die Knie und versuchte durch das Schlüsselloch zu sehen. Sie sah nichts und ging zurück in die Küche zu Paula.

Man konnte das Ticken der Wanduhr vernehmen. Selbst Paula war still, rutschte ab und zu auf dem Korbsessel hin und her. Draußen auf dem Hof spielte Mariechen mit der Katze. Elisabeth beobachtete sie durch das Fenster. Paula stand stöhnend von ihrem Sessel auf und sah ebenfalls nach draußen.
- Männer, Kinder und Hunde sind anstrengend, sagte Paula.
- Warum denken Sie das?, fragte Elisabeth.
- Katzen auch. Immer musst du ihnen Grenzen setzen. Tu dies nicht, mach das nicht. Im schlimmsten Fall muss man AUS! brüllen.
- Sollten wir jetzt brüllen?, fragte Elisabeth.
- Ich werde es nicht tun, aber sie könnten es.
Paula versuchte die Dinge unter Kontrolle zu bringen.
- Wo waren Sie eigentlich gestern?, fragte Elisabeth.
- Am Strand. Edward wollte mir die Stelle zeigen, von der er nach dem Westen geflüchtet ist. Das müssen sie sich mal vorstellen, er hat sein Leben riskiert.
- Warum?
- Na, das müssten Sie ja besser wissen, sagte Paula.
Dann hörte man, wie eine Tür laut krachend zuschlug, dann noch einmal. Elisabeth und Paula sahen sich an. Es war einer von diesen seltenen Augenblicken, wo sich ihre Augen auf eine ehrliche Weise trafen, wenn auch jeder in seiner eigenen Sorge. Draußen konnte Elisabeth jetzt Koslowski und Martina sehen. Koslowski öffnete den Kofferraum seines Autos und holte aus einer Aktentasche ein Schriftstück. Er gab es Martina. Sie warf einen kurzen Blick darauf, reichte Koslowski die Hand und ging dann ins Haus ohne sich umzudrehen, sie stützte sich auf ihre Krücke und hinkte auffallend stark dabei.

- VII -

Es ist, als würde man einen Stein ins Wasser werfen. An der Oberfläche zeigen sich die Kreise der Bewegung. Kleine Kreise, immer größer werdend, der einen Bewegung folgend. Es ist nur ein Stein, der die Bewegung an der Oberfläche ausgelöst hat. Ein Stein, sonst nichts. Fortsetzende Wellen, die Oberfläche des Wassers auflösend.
Weiter und weiter bewegen sich die Wellen. Die Schwingungen setzen sich fort und erreichen das Ufer des Sees. Weiter und weiter, ganz unbedeutend dem Anschein nach. Kleine kurze Wellen treten über die Ufer und verströmen sich im Ganzen, um erneut zurückzufluten alles mit sich nehmend. Ein hin und her sich wiederholend, ein Fließen im Wechsel der Gezeiten, unablässig.
Und: Dann ist alles wieder still. Es ist wie vorher, als sei nichts geschehen. Eine ruhige sich nicht bewegende Oberfläche. Und doch hat sich alles berührt. Nichts ist wie vorher und nichts wird jemals wie vorher sein, weil ich diesen Stein ins Wasser geworfen habe.
- Aber es ist doch nur ein Stein. Und der liegt jetzt am Grund.
- Ja, es ist nur ein Stein.

In der Nacht kam ein Gewitter und jagte den Sturm ums Haus. Grelle Blitze zuckten am Horizont, gefolgt von heftigem Donner. Die Blätter wirbelten über den Hof, die Fensterläden klopften rhythmisch gegen die Fassade, es pfiff, und es dröhnte der Regen gegen die Scheiben.
Bei Martina oben im Dachgeschoss war alles still, kein Licht, kein Geräusch. Elisabeth war müde, konnte aber nicht schlafen und ging in die Küche. Ihre Gedanken kreisten und sie fror. Hatte Martina die Bilder etwa Koslowski versprochen? Es waren die beiden letzten Bilder des Vaters. Hatte sie diese Koslowski gezeigt und was war das für ein Schriftstück, das

sie von Koslowski bei seiner Abfahrt bekommen hatte? Hatte Martina ihre gemeinsame Verabredung, die Bilder vorerst niemandem zu zeigen, verraten? Es war eine stillschweigende Vereinbarung, mehr nicht. Niemand war daran gebunden. Martinas Strickjacke hing in der Küche über dem Stuhl. Elisabeth nahm sie und griff in die Taschen. Wie immer, wenn man etwas sucht, greift man zuerst in die falsche Tasche, in der zweiten Tasche fühlte sie den Schlüssel. Elisabeth ging damit in den Arbeitsraum des Vaters, wickelte sich in eine Decke und sah nach, ob die Bilder noch unberührt an der gleichen Stelle standen, als es laut hinter ihr im Parkett knackte. Elisabeth drehte sich um und sah ihren Vater stehen. Aber anstatt zu erschrecken, fiel ihr nur auf, wie hell er gekleidet war, nach den vielen Jahren existenzialistischen Schwarz und so stand er da.

- Ich bitte dich, keinen Groll auf Martina zu haben, sagte er.
- Das habe ich nicht, antwortete Elisabeth, setzte sich in den hinter ihr stehenden Sessel und zog die Decke fester um ihren Körper.
- Warum sollte ich Groll haben?, fragte sie
- Martina hat so etwas angezogen, ihr ganzes Leben hindurch.
- Vielleicht ist es ihr eigener Groll und deiner dazu?
- Worauf sollte ich jetzt noch grollen?
- Keine Ahnung, ich weiß nicht wie es ist, wenn man tot ist.
- Nicht unnett!
- Hm, lässt sich schwer nachvollziehen.
- In dem Zustand in dem ich bin, hat man keine reale Vergangenheit mehr.
- Aber auch keine Zukunft.
- Es ist ein unbestimmter Ist-Zustand. Ja, so könnte man es beschreiben. Ja, das trifft es so ungefähr.
- Ich dachte, das hat euch zusammengehalten, der Groll auf die Welt, auf den Kunstbetrieb, auf Koslowski, auf den Zustand der Welt, auf Gott.

- Gott? Auf Gott auch? Hatte ich auch Groll auf Gott?
- Gott und die Menschen, alle zusammen.
- Ach ja, was man alles so sagt.

Er drehte sich um und ging durch das Zimmer. Elisabeth hatte einen Moment Furcht, er könnte wieder verschwinden, wie er es so oft getan hatte und sie allein lassen.
- Was ich dich fragen wollte ... sagte sie schnell.
- Ja?
- Bereut man vieles am Ende?
- Ja. Vieles.
- Was so zum Beispiel?
- Dass ich deine Mutter nicht genug geliebt habe. Das ist schmerzlich. Ja.
- Und warum hast du sie nicht genug, du weißt schon?
- Man denkt, man hat soviel Zeit, es gibt Wichtigeres im Moment als die Liebe, und wird doch von ihr getrieben und von der Angst sie wieder zu verlieren. Ein irrsinniger Kreislauf. Der personifizierte Wahnsinn, immer und immer wieder.

Er malte Kreise mit seinem Finger in die Luft wie eine Acht.
- Wir bewegen uns in einer Acht das ganze Leben lang. Anfang und Ende an derselben Stelle. Immer und immer wieder, eine einzige Wiederholung, Anfang und Ende und wir bemerken es nicht einmal. Zeit, ja, was ist Zeit. Eine Illusion. Für dich hatte ich wenig. Ich war beschäftigt, ich bin beschäftigt.
- Es war schon in Ordnung, sagte Elisabeth
- Ja, aber nur in Ordnung, nicht wirklich gut. Es ist nur ein Moment, dieses Leben, wirklich, glaub mir. Es ist nur ein Moment.
- Und was machen wir jetzt?
- Du?! Ich nicht mehr.
- Was werde ich tun?
- Du wirst es sehen, so wie das Licht durch die Mosaikfenster scheint.

Elisabeth schreckte hoch, sie war auf der Couch im Atelier eingeschlafen. Wie das Licht, das durch die Mosaikfenster scheint. Dieser Satz war ihr in Erinnerung geblieben, aber was hatte er zu bedeuten? Sie stand auf und öffnete die Tür des begehbaren Wandschranks. Die Bilder standen noch da, und es sah tatsächlich so aus, als hätte sie niemand berührt während der ganzen Zeit. Sie sollte keinen Groll auf Martina haben. Sollte sie also Martina vertrauen? Aber was hatte das Schreiben zu bedeuten, das Koslowski ihr gegeben hatte. Vermutlich hatte sie die Bilder Koslowski überschrieben. Dass die Bilder noch an der gleichen Stelle standen sprach allerdings dagegen. Koslowski würde niemals unbesehen etwas kaufen und schon überhaupt nicht die Bilder des Vaters. Das war viel zu heikel. Aber vielleicht ging Koslowski das Risiko ein. Vielleicht wurde er leichtsinnig auf seine alten Tage wie ein routinierter Spieler, der seine festgelegten Zahlen wechselt und alles gewinnt oder verliert, je nachdem. Dann stand es nicht gut um seinen Kunsthandel. Koslowski war kein Spieler, er verstand mehr vom Geld als von der Kunst. Darin waren sich Konny und Koslowski ähnlich. Beide waren Händler, Aktionäre, Partyhelden, um die sich die Frauen versammelten, um ein wenig vom Ruhm, dem Charme der großen weiten Welt und männlicher Zuneigung abzubekommen. Beide hatten einen guten Instinkt, aus welchen Richtungen der aktuelle und angesagteste Wind wehte und die Schnelligkeit eines Tigers im richtigen Moment loszuspringen, mehr nicht.
Ihr Leben funktionierte wie eine große Vernissage. Es plätschert ohne Tiefgang, ohne Folgen, schnell und leicht, reduziert auf die äußeren Dinge, Ruhm und Geld, Glitzer und Schönheit. Dagegen waren Gernhard Weiss' Bilder tiefgründige U-Boote. Aber auch das war egal, wenn es sich nur verkaufen ließ. Und die Leute mochten seine vieldeutigen Themen, die Kraft, die Stärke, die Reibeflächen, die seine Bilder hatten.

Aber wen interessierte das am Ende. Geld, Tod und Sex – die großen Tabuthemen. Mit Geld und Tod hatte es Elisabeth gerade zu tun.
Sollte Elisabeth Martina vertrauen? Es gab Momente, da öffnete sich ihr Gesicht wie bei einem ganz jungen Mädchen, um sich dann wieder zu verschließen wie eine Blume am Abend. Hatte das nicht auch ihr Vater zu Martina gesagt: Du, meine Abendblume. Vielleicht war es ja ihr Wesen, bei Anbruch der Dunkelheit ihre Schutzmechanismen zu aktivieren vor der Kälte der Nacht.
Wie das Licht, das durch das Mosaikfenster scheint ... Welches Licht hatte er gemeint. Welches Licht?

Ehrlich zu uns selbst sein, vielleicht ist es das Schwerste, was uns aufgegeben wurde. Wo also ist die vielgepriesene Wahrheit und überhaupt, was ist Wahrheit? Ist Wahrheit das, was wir dafür erklären? Ist das so einfach?
So war es gemeint, mit dem Licht, das durch die Mosaikfenster scheint. Alles ist bereits vorhanden, alles. Und alles ist gut so wie es ist und alles hat seinen Sinn. Alles. Ja, wirklich. Alles.
Selbst der Tod, der so unabänderlich kommt und so schmerzhaft erscheint, weil ich das Geliebte gehen lassen soll und weil es keine Rückkehr zu geben scheint, keine Umkehr und das ist so unversöhnlich.
Und doch ist es eine Tatsache, die es zu akzeptieren gilt. Das es am Ende ein Ende gibt und werweiß, vielleicht ist es ja nicht das Ende, sondern nur wieder eine Illusion, und Liebe und Tod sind tatsächlich ein und dasselbe. Die Angst vor der Liebe und die Angst vor dem Tod. Ist es nicht tatsächlich das Gleiche?
Ist nicht unsere Angst, unsere tiefe abgründige archaische Angst, unsere bodenlose Angst und unser Fliehen davor, ein und dasselbe: Liebe und Tod. Und haben wir unsere Angst nicht abgepolstert und versichert, weichgespült und streng bewacht, dass nichts, aber auch nichts mehr zu uns vordringt,

was uns treffen könnte. Nur manchmal kommt etwas von dem Grauen zu uns, dass wir uns selbst erfinden, um erneut den Sicherheitsdienst zu rufen. Also geht es darum, die Angst zu verlieren?! Ja, so wird es wohl sein. Mit der Wahrheit. Mit der Liebe. Mit dem Tod.
Es ist so einfach!

- VIII -

Martina verabschiedete sich am nächsten Morgen in der Küche nach einem wortlosen Frühstück. Sie wolle in die Stadt fahren. Nein, sie würde den Bus nehmen, es wäre besser, Elisabeth bliebe zu Hause. Man könne ja nicht wissen, wer alles noch so vorbeikomme. Elisabeth solle sich keinen Zwang antun, sie, Martina käme allein zurecht, gegen Abend sei sie zurück, es sei schon alles in Ordnung.
Elisabeth sah Martina im dunklen Mantel über den Hof hinken. Zielstrebig und sicher lief sie Richtung Bushaltestelle, sie hielt sich fest an ihrer Krücke. Diesmal rannte sie nicht. Vorn an der Straße konnte sie Friedrich sehen, der Martina entgegenkam und vermutlich schon auf sie gewartet hatte. Friedrich hakte sich unter Martinas Arm und stützte sie beim Gehen. Martinas Bedürftigkeit hatte also wieder jemanden gefunden. Das würde in Goor Gerede geben. Friedrich und Martina liefen Arm in Arm über die Dorfstraße und der Vater war noch nicht unter der Erde. Wollte Martina das provozieren? Sie war hier eine Fremde. Nach dem Tod der Mutter zog sie hier ein und übernahm deren Platz. Das war schon zuviel in den Augen der Dorfbewohner. Die Frauen tuschelten in ihren bunten Nylonschürzen, wenn Mittwochmittag das Bäckerauto Goor belieferte. Hier war die Zeit auf eine merkwürdige Art stehengeblieben und konserviert wie auf einem Schwarzweißfoto. Nicht mehr lange, dann würden auch diese Bilder verblassen. Alles war im Wandel und mit diesem Wandel änderte sich auch Goor.
Nun also marschierte Martina mit Friedrich die Dorfstraße entlang. Und es würde genügen, wenn eine der Nylonschürzen diesen Triumphzug zu Gesicht bekam. Wie ein Funke auf dem Rieddach würde diese Tatsache Gerede und Klatsch entzünden. Und der würde sich gegen Martina richten, nicht gegen Friedrich. Im Gegenteil. Der Stammtisch in Friedrichs

Kneipe würde manch lang nicht gesehenen Gast begrüßen. Ein Bier, ein Korn.

Elisabeth öffnete die Tür zu der Treppe, die in Martinas Reich führte. Sie war noch nie wieder da oben gewesen, seit Martina in das Haus und in diese Räume eingezogen war. Elisabeth hatte ein schlechtes Gewissen, als sie die Treppe hinaufstieg, ihr Herz klopfte vor Aufregung, wie bei einem Kind, das von der Nichtexistenz des Weihnachtsmannes weiß und nun nach den versteckten Geschenken sucht. Was glaubte sie hier zu finden? Es war wie ein Zwang, der sie hier hinauftrieb. Ihr Orchester der inneren Stimmen meldete sich: *Tu es nicht. Du wirst finden, was du suchst. Geh hinauf. Du bist wahnsinnig. Geh schon, geh. Es ist dein gutes Recht, die Wahrheit herauszufinden! Geh zurück, los, öffne endlich die Tür.*
Elisabeth öffnete die Tür. Zuerst konnte sie nichts sehen, weil die hereinscheinende Sonne sie blendete und das ganze Zimmer in ein gleißendes Licht tauchte. Es dauerte einen Moment, bis sich ihre Augen an die Helligkeit gewöhnt und sie sich in ihrem eigenen Schatten gefunden hatte, der sie wieder sehen ließ. Sie sah zwei Tische mit Papierrollen und kalligrafischen Zeichnungen. Elisabeth hatte hier oben deutsche Gemütlichkeit erwartet, Düsteres. Sie wusste, dass Martina mit dem Vater zusammen studiert hatte, dass Martina arbeitete war ihr neu. Sie sah auf eine vor ihr liegende Zeichnung, auf die verschlungenen Buchstaben – wie sich die Zeichen ineinander verwoben, sich gegenseitig berührten und ineinander zu fließen schienen in einer einzigen Bewegung. Die Buchstaben waren Einzelwesen in ihrer Ganzheit, ganz für sich und doch Bestandteil eines Alphabets, wunderschöne Formen und Farben, gezeichnet in einem Moment der Auflösung. *Das einzig Wichtige im Leben sind die Spuren von Liebe, die wir hinterlassen, wenn wir gehen* stand da.
Vom Fenster hier oben konnte man das Wasser sehen und ein Leuchtturmsignal, das ganz in der Ferne blinkte.

Auf einem zweiten Tisch lagen neben den Kalligrafien Fotos, die in vergilbten Briefumschlägen aufbewahrt waren. Martina musste sie erst kürzlich herausgesucht haben, denn diese Unordnung passte nicht zu der Aufgeräumtheit des Zimmers. Elisabeth nahm die Bilder vom Tisch und betrachtete sie. *Neunzehnhundertachtundsechzig* hatte jemand auf die Rückseite geschrieben. Auf dem Foto waren Martina, der Vater, Koslowski und Hesse zu sehen. Das war ein Jahr vor Elisabeths Geburtsjahr. War das der Schlüssel zu ihren Fragen? Elisabeth starrte auf ein Foto, auf dem alle vier Personen zu sehen waren. Erstaunlich, wie jung alle einmal waren und wie unbeholfen sie aussahen, wie kleine Jungen in ihren kurzen Hosen, Martina in einem gestreiften Baumwollkleid. Der Vater trug eine Sonnenbrille und wirkte abwesend. Koslowski kniete neben Martina und Hesse zeigte mit dem Arm in eine Richtung, als sollten alle ihm folgen. Wer hatte das Foto gemacht, wer war die fünfte Person? Elisabeths Mutter?
Elisabeth hörte Schritte und bekam einen Schreck. Sie wollte von Martina auf keinen Fall beim Stöbern entdeckt werden.

- Mariechen, rief sie, Mariechen?
Sie stolperte die Treppe hinunter, gerade noch rechtzeitig, denn Martina war tatsächlich zurückgekommen. Sie stand in der Küche und hielt ihren Schirm in der Hand.
- Den hatte ich vergessen, sagte sie, man kann ja nie wissen.
Elisabeth wich ihrem Blick aus, sie wusste nicht, ob Martina bemerkt hatte, aus welchem Zimmer sie gerade kam. Martina verabschiedete sich und wollte gerade aus der Küche gehen, als Elisabeth das Foto hinter ihrem Rücken hervorholte und es aus ihr herausschrie:
- Wer hat das Foto gemacht? Wer?
Martina war einen Moment erstaunt, aber sie fand schnell ihre Fassung wieder.

- Woher hast du dieses Bild?, fragte sie und beantwortete auch gleich die Frage selbst. Von meinem Schreibtisch!
- Wer hat das Bild fotografiert?, fragte Elisabeth.
- Keine Ahnung, das ist ewig her, antwortete sie.
- So etwas vergisst man doch nicht!
- Man vergisst so vieles im Laufe des Lebens. Es bleibt einem nichts übrig, als zu vergessen und das ist auch gut so. Wie will man mit den schlechten Erinnerungen weiterleben? Man muss vergessen können und vor allem vergeben.

Martina setzte sich auf den Küchenstuhl. Plötzlich schien wieder alle Kraft von ihr gewichen, sie sah müde aus in ihrem Mantel, den Schirm auf dem Schoß. Ihre entschlossene Energie von vorhin, als sie Arm in Arm mit Friedrich die Dorfstraße entlanglief, war verschwunden.

Martina nahm das Foto in die Hand und betrachtete es, als sähe sie es zum ersten Mal.

- Das war 1968 im August, sagte sie, drei Tage vor Koslowskis Flucht.
- Koslowski?, fragte Elisabeth.
- Eine Viereckgeschichte, wenn man es genau nimmt, eine verworrene Verstrickung, an deren Ende ich geopfert wurde. Aber vielleicht hatte ich es ja so gewollt. Ja, es hatte mir gefallen, dass alle in mich verliebt waren und ich ließ sie schmachten. Alle drei. Das war mein Stolz. Sei wie eine Festung, die erobert werden muss. Das hat mir meine Mutter eingeredet. So ein Blödsinn!
- Und wer hat die Festung erobert?
- Keiner zu diesem Zeitpunkt. Nur, dass Koslowski damit nicht klar kam. Hesse und dein Vater konnten damit leben. Aber nicht Koslowski. Koslowski war der einzige von uns, der im Krieg gewesen war. In diesem Sommer haben wir zusammen gezeltet, nachts saßen wir am Feuer und Koslowski brüstete sich mit seinen Kampferfahrungen. Er war der Meinung, ein richtiger Mann müsste im Krieg gewesen sein, sonst wäre er

nicht lebenstauglich. Wir stritten uns heftig. In der Nacht verschwand Koslowski mit dem Faltboot über die Ostsee. Wie er das geschafft hat, ist mir bis heute unklar. Ob er es vorher geplant hatte, ob ihm jemand geholfen hatte oder ob er uns beweisen wollte, dass er ein richtiger Mann war.
- Es dir beweisen wollte, sagte Elisabeth.
- Keine Ahnung. Wir machten uns Sorgen, so naiv wie wir waren, als er und das Boot weg waren und gingen zur Polizei. Wochen später wurde ich von zwei Herren aus meiner Wohnung abgeholt. Sie legten mir eine Postkarte von Koslowski aus Kassel vor, die an mich adressiert war, mit dem Text: Danke für deine Hilfe – in Liebe Edward.
- Er hat doch gewusst, zumindest aber geahnt, was er damit anrichtet, dass er dich damit ans Messer lieferte.
- Natürlich!
- Und du? Du hast ihn wieder hier hereingelassen. In dieses Haus. In das Haus. In das Haus meines Vaters. Nach Goor.
- Ja.
- Was ist dann passiert?, fragte Elisabeth.
- Sie haben mich verhört. Tagelang, nächtelang. Aber ich wusste ja nichts. Was sollte ich denen erzählen? Also habe ich immer wieder die Geschichte vom verschmähten Liebhaber erzählt. Und das war die Wahrheit und nichts als die Wahrheit. Sie wollten mir gerne eine politische Verstrickung, Verrat und Konspiration mit dem Klassenfeind anhängen. Dabei war es nichts anderes als eine menschliche, eine ganz persönliche Tragödie. Eine Tragödie, in die ich hineingezogen wurde wie in einen Alptraum, in einen schwarzen Strudel, in den ich geriet und den ich mir gleichzeitig selbst geschaffen habe aus Stolz und Eitelkeit. Ich bin irgendwann aus Müdigkeit und Erschöpfung die Treppe hinuntergefallen, vielleicht habe ich mich auch fallen lassen, ich weiß es nicht mehr. Ich lag lange in der Klinik, die Knochen von meinem Fuß waren so zertrümmert, dass ich nicht wieder normal laufen konnte. Dein Vater und

Hesse haben gekämpft um mich mit Anwälten und eidesstattlichen Erklärungen. Als ich entlassen wurde, war dein Vater mit deiner Mutter verheiratet und Hesse bat mich seine Frau zu werden. Ich glaube, er tat es aus Mitleid. Wir haben es drei Jahre miteinander ausgehalten, ich wusste, dass ich keine Kinder bekommen konnte. Hesse wollte Familie und Karriere und ich wollte ihn nicht hindern. Ich wollte meine Ruhe nach alledem. Nur meine Ruhe und ich hatte bezahlt.
- Und Koslowski, fragte Elisabeth, was ist mit Koslowski?
- Kurz nach der Maueröffnung hat er mich angerufen.
- Warst du erstaunt?
- Nein, ich habe darauf gewartet.
- Einundzwanzig Jahre darauf gewartet.
- Zweiundzwanzig, um genau zu sein.
- Und?
- Ich habe ihn gebeten deinem Vater zu helfen. Inzwischen wusste ich, dass er ein einflussreicher Galerist war und Beziehungen ins Ausland hatte. Was denkst du, wer euch die Anschubfinanzierung für die Galerie in New York gegeben hat.
- Konny hat das organisiert.
- Vergiss es, Elisabeth!
- Nein, das glaube ich nicht. Ich will nichts damit zu tun haben. Ich will mit Koslowski nichts zu tun haben, mit diesen ganzen Geschichten.
- Du hast bereits damit zu tun. Und du wirst in Zukunft damit zu tun haben.
- Das kann nicht sein, nein.
- Alles hängt zusammen. Alles.
- Das glaube ich nicht, Martina.

Es entstand ein Schweigen in der Küche. Wie viel Wahrheit erträgt man in so kurzer Zeit? Elisabeth hatte nach der Wahrheit gesucht. Dass sie in diese Geschichte verstrickt war, ja das sogar sie, Elisabeth, ein Teil der Verstrickung war, das erschreckte sie. Die Galerie in New York war nur möglich

geworden, weil Koslowski sie finanziell unterstützt hatte. Geld von einem Verräter?
- Warum hast du das alles getan?, fragte Elisabeth.
- Aus Liebe.
- Aus Liebe?
- Ich hatte bezahlt, alle hatten bezahlt mit einem Teil ihres Lebens für ihre Kleinkariertheit, für Ihr-Recht-haben-wollen, das sie nun verteidigen. Nur wer sich seiner nicht selbst sicher ist, hat es nötig, andere zu überzeugen von seinen politischen Ideen, seiner eigenen Selbstherrlichkeit. Ich bin der Größte, der Beste, ich habe Macht. Ein zerstörerisches Erbe. Ich habe es erlebt. Ich habe es erfahren. Ich habe es satt. Und ich möchte jetzt nicht mehr darüber sprechen.
- Aber ... sagte Elisabeth
- Kein Aber. Friedrich wartet auf mich.
- Und was ist mit Hesse?
- Das erzähle ich dir später.
- Was hast du mit Koslowski vereinbart?
- Das erzähle ich dir auch später.
Martina stand auf mit ihrem Regenschirm und verließ die Küche. Elisabeth hörte die Haustür zuschlagen und Martinas Schritt über den Hof hallen, ihr Gehstock klickte dazu auf dem Pflaster.

Elisabeth fuhr mit Mariechen an den nahen Strand. Sie brauchte frische Luft, sie musste nachdenken. Sie sammelten Steine und Muscheln und bespritzten sich gegenseitig mit Ostseewasser.
Elisabeths Vater war an das Meer zurückgekehrt, hatte hier ein Haus gekauft in der Nähe des Ortes, wo die ganze Geschichte begonnen hatte. Vielleicht wäre sie, Elisabeth, gar nicht geboren, wenn all das nicht geschehen wäre. Sie wäre jetzt nicht hier mit Mariechen, deren bunte Bommel an der Strickmütze am Strand leuchtete wie angeschwemmtes Gut.

War es am Ende nicht so, dass alles seinen Sinn hatte. Wie ein Spiel mit Figuren, alles stand in Beziehung miteinander, alles bedingt sich gegenseitig und ergibt ein Ganzes.
Der Stein, der ins Wasser geworfen wird ...
Es ist schwer, das zu verstehen und auch noch, dass das alles einen Sinn ergibt. Dass auch die Abwesenheit von Raimund einen Sinn hat. Außer der Traurigkeit, der Schwere und der Leere. Seine Abwesenheit zwingt Elisabeth zu bekennen, was wichtig ist. Sie kann sich nicht länger verstecken, nicht länger abtauchen. So wie es die Möwen gerade tun, Mariechen wirft die Brotstücken in die Höhe und sie greifen danach, sie stürzen sich ins Wasser, sie schnappen kreischend nach den Krumen, der Himmel voller Bewegung.

Elisabeth ist die Tochter von Gernhard Weiss. Es wird Zeit, das Erbe anzutreten.

- IX -

- Habe ich es dir nicht gesagt!

Elisabeth schrak auf, der Vater saß auf dem Sessel, es war dunkel und mitten in der Nacht.

- Was hast du mir gesagt, was?, fragte Elisabeth in die Dunkelheit.
- Sie ist großartig, nicht wahr?
- Wer? Martina?
- Ja. Er kicherte.
- Sie hat mir die Geschichte erzählt mit Koslowski.
- Ja, ja, alles ist vergänglich!
- Bekommen die Bösen am Ende ihre Strafe?
- Es geht nicht um gut oder schlecht, Elisabeth, du bist kein Kind mehr! Es gibt keinen strafenden Gott!
- Du musst es ja wissen!
- Ja, ich weiß es. Aus meiner Perspektive sieht die Geschichte schon so aus, dass wir alle daran beteiligt waren. Aber was geschehen ist, ist geschehen. Und was Koslowski betrifft, er wird sich vor sich selbst verantworten müssen. So wie wir das alle tun müssen. Verantwortung tragen für unser Tun und Handeln. Das solltest du auch, Elisabeth.
- Tue ich das nicht?
- Nun ja, wenn ich ehrlich bin, ich weiß nicht ... Du bist wie ein Zug auf dem Wartegleis und du wartest auf ein Signal zur Weiterfahrt. Aber wer soll dir das geben?
- Was hast du gemeint mit dem Licht, das durch das Mosaikfenster scheint?
- Bist du noch nicht darauf gekommen?
- Nein.
- Ich wollte dir damit sagen, dass alles vorhanden ist, alles in großer Vollkommenheit bei dir angelegt. Deine Fähigkeiten, dein Wissen. Alles ist da. Du brauchst nur das Licht darauf scheinen lassen, nichts weiter. Es ist einfach.

- Wie soll so etwas einfach sein? Ich sehe überall Hindernisse und Schwierigkeiten. Mir werden Steine in den Weg gelegt. Ich kann nicht einfach aufhören diesen langweiligen Job zu machen und malen wie du. Die Zeiten sind vorbei. Ich habe ein Kind. Ich muss meine Miete bezahlen. Raimund ist im Jemen und du? Du hast mich verlassen. Du auch!
- Warum beschränkst du dich von vornherein? Das klingt nach viel Selbstmitleid. Es ist so leicht, Elisabeth. So leicht, dass du in ein schallendes Gelächter ausbrechen wirst, wenn du es verstanden hast. Du wirst laut lachen!
- Im Moment könnte ich nur heulen, nur heulen, nicht lachen.
- Wir sind auf der Durchreise und wir haben nicht viel Zeit in diesem einen Leben. Von der Zerstörung will ich nicht reden. Das habe ich zur Genüge erlebt. Ja, es kann sein, dass Koslowski Martina zerstören wollte. Wir wissen nicht, was mit ihm auf der Ostsee in diesem Boot passiert ist, wie lange er unterwegs war, wann er Rache geschworen hat, ob aus Wut, aus Verzweiflung, aus Einsamkeit. Ist das nicht menschlich? Wir wissen nicht einmal, was der Krieg mit ihm angerichtet hat. Wir haben nicht das Recht, ihn zu verurteilen. Wir haben ihn in der Nacht am Strand aufgezogen, ihn wahrscheinlich beleidigt und in seinem Innersten getroffen. Es bleibt uns nichts anderes übrig, als ihm zu vergeben. Uns selbst und den anderen. Je eher desto besser, sonst wirst du es in deiner letzten Stunde tun müssen. Das kann anstrengend werden.
- Musstest du vergeben?
- Ich habe eine Ewigkeit damit zugebracht. Aber zum Glück gibt es hier keine Zeit.
- Hundert Jahre?
- Mindestens! Es gibt nur zwei Fragen, Elisabeth, nur zwei entscheidende Fragen.
- Und die wären?

- Habe ich von ganzem Herzen geliebt und habe ich mein Leben wirklich gelebt? Die letztere Frage dürfte dich betreffen! Im Übrigen, es ist hier sehr neblig!
- Soll ich dir das nächste Mal eine Taschenlampe mitbringen?
- Gute Idee!
- Was machen wir mit den letzten beiden Bildern?
- Lass dir was einfallen!
- Soll ich sie Konny geben, würde dir das gefallen?
- Ich weiß nicht, ich weiß nicht.

Elisabeth wachte tränenüberströmt auf. Irgendwo in der Ferne klingelte ein Telefon. Das Herz tat ihr weh. Das Telefonklingeln hörte nicht auf, immer und immer wieder. Elisabeth stand auf und lief über den Flur und nahm den Hörer ab. Am anderen Ende hörte sie ein Rauschen. Hallo, rief sie, Hallo. Dann brach auch das Rauschen ab und es war nur noch still, beängstigend still.

Elisabeth setzte sich auf den kalten Steinfußboden, es fröstelte sie. Wie riesig war doch das ganze Universum, wie groß und wie unvorstellbar mit seinen dunklen Geheimnissen, wie mächtig, wie erschreckend und wie beruhigend zugleich hier auf dem dunklen Flur. Es gab etwas, das größer war als sie und sie war nicht allein. Elisabeth zuckte zusammen. Das Telefon klingelte wieder.

- Ja, sagte sie.
- Elisabeth, fragte Raimunds Stimme ganz nah, bist du es?
- Ja, sagte sie, ja!
- Es tut mir leid, sagte Raimund am anderen Ende, es tut mir leid mit deinem Vater, ich habe die Nachricht erst heute erhalten.
- Das habe ich gedacht, gehofft, geglaubt, sagte Elisabeth.

Sie kämpfte mit den Tränen, aber diesmal wollte sie nicht weinen vor Raimund. Obwohl es in dieser Situation angemessen wäre. Raimund war den verschiedenen Gestalten des Todes so oft begegnet, dass er die Furcht davor verloren hatte,

das wusste Elisabeth. Er hatte die Furcht verloren, aber nicht den Glauben an das Leben.
- Was wirst du tun?, fragte er.
- Das Übliche, sagte sie. Die Dinge ordnen. Meine und seine und unsere.
- Unsere?, fragte Raimund, unüblich besorgt.
- Wie sieht es aus am anderen Ende der Welt?, fragte sie.
- Hier ist das Ende der Welt, da sind die Drachen, sie speien Feuer und sie sind hungrig!
- Aber wir wissen ja, ergänzte Elisabeth, alle Drachen unseres Lebens, alle Hindernisse sind Drachen, die nur darauf warten uns groß und stark und mutig zu sehen ...
- Wie viele Köpfe hat dein Drachen?
- Ach, es geht so, zwei oder drei, ich habe noch nicht alle zu Gesicht bekommen. Vielleicht werde ich ihn zähmen können. Mariechen hat sich ein Haustier gewünscht.
- Sei vorsichtig, Elisabeth!
- Ich möchte, dass du nach Hause kommst Raimund.
Jetzt kamen die Tränen. Am anderen Ende war es ganz still. Elisabeth wiederholte.
- Nach Hause. Bitte komm nach Hause!
- Wo wird das Zuhause sein, in Goor?
- Ich gehöre nicht nach Goor. Nein, ich gehöre nicht hierher. Ich bin noch auf der Suche.
- Gib mir Bescheid, wenn es soweit ist, sagte Raimund noch.
Dann brach das Gespräch ab.

- X -

- Eurer Generation fehlt es an Visionen, sagte Martina am Morgen beim Frühstück ganz unvermittelt.
- Woher willst du das wissen?
- So etwas weiß man. Martinas Gesicht versteinerte.
... Entschuldige bitte, ich habe es so nicht gemeint.
- Du fühlst dich getroffen, nicht wahr?
- Ja, so wird es wohl sein!
- War das Raimund, der letzte Nacht angerufen hat? Wird er zur Beerdigung kommen?
- Warum sollte er aus Jemen hierher kommen?
- Um bei dir zu sein.
- Bei mir braucht niemand zu sein, Martina. Da sind wir uns ähnlich. Ich schaffe das auch allein.
- Warum bist du nicht nach New York zurückgegangen? Dort leben doch auch Kinder. Wegen Raimund?
- Du redest wie mein Vater! New York ist laut, hektisch, schrill. Ich hatte erlebt, was ich erleben wollte.
- Durch dein Weggehen konnte die Galerie nicht weiterexistieren.
- Wer behauptet das? Mein Vater? Konny?
- Ich!
- Konny hätte sich das vorher überlegen können, lange genug haben wir darüber geredet. Ich war müde geworden. Ich hatte keine Freude mehr daran, eurem Bild von der erfolgreichen Tochter zu entsprechen. Konny hatte mich ausgesaugt.
- Du bist immer noch müde.
- Ja, ich wollte dem Papa gefallen. Deshalb die Galerie, deshalb New York. Vater war begeistert. Er erzählte es allen, sollte ich ihn enttäuschen?
- Du hast ihn enttäuscht.
- Vielleicht haben wir ja alle falsche Erwartungen aneinander, weil wir nicht ehrlich sind und etwas haben wollen, dass es

nicht gibt. Und plötzlich finden wir uns in einem Leben wieder, das nicht unseres ist. Im Übrigen: Was für einen Vertrag hast du mit Koslowski ausgehandelt?
- Eine Retrospektive der Bilder deines Vaters in Köln und eine Personalausstellung meiner Kalligraphien in Koslowskis Galerie in Berlin.
- Oh! Was musstest du Koslowski dafür versprechen?
- Nichts!
- Nichts? Ich kann mir nicht vorstellen, dass Koslowski mit nichts zufrieden ist. Nein, Martina, nein!
Martinas Gesicht verhärtete sich wieder, sie rührte in ihrem Kaffee und war beleidigt, dass Elisabeth ihr nicht glaubte.
- Was hast du ihm versprochen?
- Seine Freiheit.
- Und wie soll das bitteschön aussehen?
- Ich verpflichte mich, über diese alte Geschichte zu schweigen.
- Das ist Erpressung!
- Der Zweck heiligt die Mittel!
- Nein, Martina. Zuerst bekomme ich einen langen Vortrag über Vergebung und man soll verzeihen und jetzt bietest du dein Schweigen gegen die Ausstellung der Bilder. Das ist nicht im Sinne meines Vaters. Ganz bestimmt nicht! Das ist nicht ehrlich. Das ist nicht die Wahrheit!
- Nun gut, vielleicht heiligt nicht der Zweck die Mittel, sondern das Ergebnis. Was denkst du würde passieren, wenn ich die alte Geschichte ausgrabe? Was?
- Die Presse würde sich auf Koslowski stürzen, alte verstaubte Aktendeckel würden geöffnet, der Name von meinem Vater würde in diesem Zusammenhang genannt werden. Es gibt eine Menge Leute, denen diese Geschichte gefallen würde, damit sie ihren eigenen Groll projizieren können.
- Richtig!
- Man würde sich auf diese Geschichte stürzen, sie sezieren,

bewerten und beurteilen, die Masse würde nach Vergeltung und Sühne schreien, nach Verurteilung.
- Deinem Vater würde man Regimetreue vorwerfen. Wir hätten dann zwei Opfer oder zwei Täter.
- Drei!
- Ja, vielleicht auch drei!
- Keine Ausstellung, keine Bilder!
- So ist es!
- Aber du spielst mit Koslowskis Angst. Das ist auch nicht sehr moralisch.
- Es ist der Preis, den Koslowski zu zahlen hat.
- Diese Angst verfolgt ihn seit über 35 Jahren. Vermutlich schläft er schlecht und hat Herzprobleme oder wer weiß was.
- Es ist seine Angst, nicht mehr meine.
- Also gibt es am Ende doch Richter und Verurteilte?
- Nein. Jeder trägt die Verantwortung für sich selbst.
- Dann hätte deine Schweigeverpflichtung einen versöhnenden Sinn? Warum tust du das?
- Habe ich doch gesagt. Ich kann die Vergangenheit ändern. Aus Liebe.
Aus Liebe zu wem?
Das Gespräch endete abrupt, da das Telefon klingelte und Hesse am anderen Ende sein Kommen ankündigte. Seit Vaters Tod waren sieben Tage vergangen.

Aus Liebe, aus Liebe. Was für eine Liebe denn? Elisabeth lag auf dem Fußboden des Badezimmers. Die Wunde war aufgebrochen und sie schmerzte. Das Blut quoll hervor in Schüben. Elisabeth fühlte mit der Hand in die Herzgegend, aber nichts floss und quoll, nur ein dumpfer schwerer Schmerz wie von einem Messerstich vorn und hinten und nicht sichtbar.
Heute noch wird Hesse anreisen, und auch er wird ihr Fragen stellen, was sie jetzt tun wird. Was wirst du jetzt tun Elisabeth? Was werde ich jetzt tun? Ja, gute Frage, was werde ich jetzt tun?

Ich will meine Ruhe, nichts anderes, nur meine Ruhe. Alle zerren an mir herum, haben Erwartungen und Hoffnungen. Was geht euch mein Leben an? Nichts! Es ist mein Leben, und lasst mich bloß in Ruhe!
Das Herz schmerzte. Elisabeth schnappte nach Luft. Verdammt, warum bekam sie zu diesem Zeitpunkt ihr ganzes Leben präsentiert: der Vater, Konny, New York, Raimund, ihre Arbeit. Wie lange konnte sie Mariechen noch verheimlichen, wer ihr Vater war? Wie lange würde sie ihre Arbeit in der Nachlassaufarbeitung noch aushalten, ohne daran zu verzweifeln? Müde war sie bereits. Wie lange würde sie noch Raimunds Abwesenheit erdulden, und wie lange würde sie sich vor sich selbst verstecken können? Wie lange noch? Konny hatte wie ein Diamantbohrer in ihren Wunden gebohrt und ihr wehgetan mit hoher Präzision. Das konnte er gut.
Es war vorbei. Es war ein für allemal vorbei, und das erschreckte sie. Bodenlose Angst überfiel sie. Nichts anderes als Angst war das, dieser stechende Schmerz. Angst, die sie anstarrte und anschrie wie dunkle Gespenster, gruselige Fratzen, die sie bedrohten wie wilde Tiere, die sie anfielen und in Stücke zerreißen wollten. Sie schleiften sie ins Gebüsch, Reifen quietschten, jemand griff nach ihrem Arm und zog sie in das Dunkle. Sie sah kein Gesicht, sie spürte nur einen kalten Hauch und Angst zu fallen in ein Nichts, in eine sich öffnende Falltür, in ein bodenloses Nichts. Elisabeth schrie laut um Hilfe. Aber nichts von alledem geschah wirklich. Vielleicht hatte sie nicht einmal geschrien. Aus Elisabeth brach alles hervor, der Schmerz, der Kummer um die Sinnlosigkeit, die Mühen und die Vergeblichkeit der Existenz. Wie ein Kind schüttelte es sie, es warf sie mit großer Kraft auf den Boden und Elisabeth schluchzte, so wie sie als kleines Mädchen geweint hatte vor der Übermacht der Erwachsenen, vor ihren undurchsichtigen Spielen und Verstrickungen, vor ihrer eigenen Einsamkeit und Hilflosigkeit angesichts des großen Zu-

sammenhangs, den sie erahnte in diesem Zustand, aber nicht erkennen konnte. Es floss aus ihr heraus wie ein See, wie Mauern eines Staudamms, die einstürzten und es floss und floss. Dann wurde das trübe zähe Wasser heller und klarer und man konnte tatsächlich auf den Grund sehen, sie schluchzte und putzte sich die Nase mit Toilettenpapier.
Ist es die Angst vor dem Tod, die uns in diese sinnlosen Spiele treibt. Diese antreibende Kraft der Angst, in diesem Leben nicht genug zu bekommen, die Angst, es wieder zu verlieren. Ein undurchdringlicher Kreislauf, der uns immer wieder in neue Netze treibt wie einen Aal in die Reuse. Es gibt keinen Ausweg. Es gibt nicht mal einen Fluchtweg, es geht nur immer tiefer und tiefer. Tot ist tot. Da gibt es nichts mehr zu ändern. Geburt und Tod, das sind die Punkte auf dieser einen Linie, Anfang und Ende auf einer liegenden Acht des Lebens. Keiner wird sich dem entziehen können. Das ist das feststehende Gesetz, dem wir ausgeliefert sind. Und diese Angst vor dem Sterben lässt uns diese lächerlichen Spiele treiben. Nicht genug zu bekommen vor dem Sterben treibt uns in bizarre Verwicklungen bis wir darin eingesponnen sind wie Mumien – tot schon vor dem Tod. Ja, es ist zum Lachen. Ja, doch, der Vater hatte es so gesagt. Es ist zum Lachen.
- Elisabeth!, rief Martina durch das Haus, Elisabeth!
Der Ruf klang energisch, irgendetwas musste passiert sein.
Elisabeth schaute in den Spiegel. Ihr Gesicht war aufgequollen und gerötet. So wollte sie nicht nach draußen gehen. Und überhaupt, was war so wichtig, dass es nicht warten konnte. Sie putzte sich nochmals die Nase.
- Elisabeth!
Es klopfte gegen die Badezimmertür.
- Bist du da drin? Martina klang gehetzt.
- Hesse wird gleich kommen, sagte Martina von außen durch die Tür und dann, ganz unüblich, klang ihre Stimme auf einmal sehr weich. Ich brauche dich!

Auch das noch. Wenn Elisabeth jemanden nicht sehen wollte, dann war es Hesse. Warum kommt Hesse gerade jetzt in diesem Moment, wo ihr der Hüter der Schwelle begegnet ist in seiner bedrohlichen massiven Größe, sie zurechtweist und von ihr Stärke fordert: Du wirst nicht an mir vorbeikommen, du nicht. Nicht bevor du das Versprechen abgibst, Ordnung und Klarheit zu schaffen. War der Hüter der Schwelle ihr Vater, der jetzt eine Entscheidung von ihr forderte? Leb oder stirb. Du kannst es entscheiden, du allein. Nur du und sonst niemand und nur jetzt.
- Ich will leben, sagte Elisabeth leise, ich will leben!
- Wie bitte, rief von draußen Martina durch die Tür, geht es dir gut?
- Ja, antwortete Elisabeth, ja und nochmals: Ja!

Es war schon dunkel, auf dem Hof hielt ein Taxi mit laufendem Motor. Mariechen lief hinaus zusammen mit der Katze, neugierig, wer da kommen mochte.
Elisabeth beobachtete die Szene vom Küchenfenster aus. Sie konnte durch die Autoscheiben nicht sehen, wer im Taxi saß, ob eine oder mehrere Personen. Es dauerte unendlich lange, inzwischen hatte der Fahrer den Motor ausgeschaltet, dann stieg er aus und öffnete die hintere Wagentür. Elisabeth sah zuerst einen Gehstock, es folgte Hesse aus dem Fond des Wagens. Der Fahrer holte aus dem Kofferraum einen Aktenkoffer und Hesse lief auf seinen Stock gestützt auf das Haus zu. Martina war aus ihrem Reich hinuntergekommen und empfing Hesse mit einer kurzen Umarmung, dann gingen sie beide durch das Haus in den Arbeitsraum des Vaters. Mariechen folgte ihnen mit der Katze. Wie ähnlich sich die beiden doch sind, dachte Elisabeth in der Küche. Ihr war unwohl, jetzt Hesse zu begegnen. Martina hatte Hesse gebeten, die morgige Trauerrede zu halten aus alter Freundschaft. Sie hatte es so festgelegt. Elisabeth gefiel das nicht besonders. Sie brachte Mariechen zu Bett.

Als sie das Atelier betrat, fröstelte sie es. Hesse und Martina hatten den Kamin angezündet und tranken Wein. Das verstärkte Elisabeths Gefühl am falschen Platz zu sein, am falschen Ort zum falschen Zeitpunkt, das sie heute im Badezimmer so zu spüren bekommen hatte. Hesse stand auf und umarmte sie linkisch.
- Setz dich, Elisabeth, sagte er.
Sie kam sich vor wie in der Prüfungskommission. Sie tauschten einige Floskeln aus, als das Telefon klingelte. Martina verabschiedete sich, sie wollte mit Friedrich den Tag der Beerdigung durchsprechen, sie sei in einer Stunde zurück. Martina verließ das Zimmer und es war plötzlich sehr still. Das Holz knackte im Feuer. Elisabeth und Hesse schwiegen.
- Was werden sie über meinen Vater sagen?, fragte sie.
- Die Wahrheit, antwortete er.
- Gibt es so etwas wie die Wahrheit über einen Menschen?, fragte Elisabeth.
- Ich denke schon.
- Ist es nicht so, dass wir einfach nur denken wie jemand ist oder vorgibt zu sein und wissen am Ende nichts über ihn?
- Das halte ich nicht für möglich bei deinem Vater?
- Sie haben zwanzig Jahre kein Wort miteinander geredet.
- Das stimmt nicht ganz. Wir sind uns öfter begegnet. Nur nicht mehr freundschaftlich oder privat, wie immer man das nennen möchte.
- Na, sehen Sie, was wissen Sie dann über ihn!
- Ich kenne seine Bilder.
- Das bezweifle ich. Niemand kennt einen anderen Menschen und schon überhaupt nichts über seine Kunst. Ich habe auch geglaubt, ich kenne Martina. Das heißt, ich weiß nicht einmal, ob ich das wirklich geglaubt habe. Bis vorgestern, als Koslowski kam.
- Sie hat es mir erzählt.
- Es erstaunt mich, wie alles zusammenhängt. Sie, mein Vater,

Koslowski, Martina, meine Mutter und ich. Welche Wechselspiele, welche Verstrickungen uns hier an diese Stelle treiben.
- Das wäre für morgen ein guter Einstiegssatz. Möchtest du die Rede halten?
- Nein. Um Gotteswillen. Nein. Bloß nicht!
- Was hast du zu verlieren, Elisabeth? Du warst eine meiner begabtesten Studentinnen. Konrad und du in New York. Wir haben uns gefreut, ihr wart das Traumpaar, Senkrechtstarter und Leuchtturm in diesen wirren Zeiten! Was ist passiert, Elisabeth?
- Ich weiß es nicht! Vielleicht bin ich ja der Liebe begegnet.
- Das hört man öfter, dass Frauen alles fallen lassen. Aber bei dir glaube ich das nicht.
- Mich hat es eben abstürzen lassen.
- Nun, so würde ich es nicht nennen. Vielleicht eher Selbstaufgabe und Opferbereitschaft. Ich sehe viele Studentinnen bei mir sitzen, wo ich von Anfang an weiß, das wird nichts, die landen am Herd in der Küche und wenn sie noch so fleißig sind. Das sehe ich ihnen an. Ich habe einen Blick für so etwas.
- Vielleicht sind Frauen so.
- Deine Magisterarbeit war brillant.
- Ja, ich weiß. Wenn wir schon bei der Wahrheit sind. Warum haben Sie und mein Vater nie wieder miteinander gesprochen?

Hesse stutzte einen Moment und stand auf, um Holz in den Kamin zu legen. Dann setzte er sich und schwieg eine ganze Weile.
- Habe ich einen wunden Punkt getroffen?, fragte Elisabeth. Dann wären wir ja quitt. Eins zu eins!
- Ich denke nicht, dass das hier ein Spiel ist.
- Das ganze Leben ist ein Spiel, sagte Elisabeth trotzig und lachte.
- So, meinst du. Da habe ich aber ganz andere Erfahrungen.

- Was denn?
- Es ist ernst. Das Leben ist ernst.
- Früher, heute nicht mehr.
- Aber mit soviel Leichtigkeit läufst du auch nicht herum.
- Warum haben Sie nicht mehr miteinander gesprochen?, beharrte Elisabeth auf ihrer Frage.
- Er hat mich einen Kulturpharisäer genannt.
- Was, Elisabeth lachte, ein Kulturpharisäer! Das hat er getan und das ist der Grund, warum Sie nie wieder miteinander gesprochen haben?
- Das war in einer öffentlichen Sitzung.
- Da hat er den Handschuh geworfen. Ja, das passt zu ihm! Und getroffen! Elisabeth lachte noch immer.
- Ich finde das nicht lustig!
- Das glaube ich Ihnen. Worum ging es in der Sitzung?
- Es war die übliche Formalismusdebatte damals. Nun ja, wir hatten alle unsere starren Ansichten und dein Vater ja auch.
- Hatten ist gut. Das haben sie immer noch, starre Ansichten.
- Wir haben uns das nicht ausgesucht!
- Deshalb also die Trauerrede. Späte Versöhnung. Ein wenig zu spät.
- Ich habe nichts wieder gutzumachen. Ich nicht!

Hesse zog sich verärgert in seinen Sessel zurück.
Erstaunlich, wie ähnlich sie sich doch alle waren. Der Vater, Martina, Koslowski und auch Hesse. Elisabeth sah das Foto vor sich, damals Neunzehnhundertachtundsechzig am Strand. Wie jung sie damals waren, wie naiv und doch schon so festgelegt. Wenn man an der Fassade kratzte, stieß man auf Granitfelsblöcke. Vielleicht hatte der Krieg sie tatsächlich so verhärtet. Und einer von ihnen war jetzt tot, Elisabeths Vater.
Hesse hatte sich im Sessel verschanzt. Es würde jetzt schwer werden, ihn zu Einsichten zu bewegen. Aber war das überhaupt Elisabeths Aufgabe, Hesse zu Einsichten zu bringen? Nur wer mit sich selbst nicht im Reinen ist, hat es nötig sich

zu verteidigen. Vielleicht waren sie sich aus diesem Grund heute hier begegnet. Ja, Hesse hatte Recht, sie war eine seiner begabtesten Studentinnen gewesen. Aber das war lange her. Elisabeth stand auf und warf einen Holzscheit in den Kamin. Hesse starrte vor sich hin. Nach einer ganzen Weile sagte er:
- Es ist bitter, wenn man selbst nicht mehr viel Zeit hat, zu wissen, dass man an der Vergangenheit nichts mehr ändern kann. Dass die Dinge sind wie sie sind und wir das zu akzeptieren haben. Die Fehler nicht rückgängig zu machen sind, die falschen Entscheidungen gefällt sind wie Urteile. Das ist nicht einfach zu ertragen. Nachts, wenn man nicht schlafen kann. Ich sehe uns immer wieder alle zusammen am Strand, damals. Es war ein Spaß, dass wir Koslowski aufgezogen haben, diesen Angeber. Es war nur ein Spaß!
Auch wenn es dich nervt, Elisabeth. Wir haben nur dieses eine Leben!
- Ich weiß, antwortete sie, ich weiß.
Draußen fiel die Eingangstür ins Schloss, Martina steckte ihren Kopf zur Tür herein. Sie war außergewöhnlich fröhlich. Sie deutete auf die Uhr.
- Lasst uns schlafen gehen, es wird morgen ein anstrengender Tag.
Sie begleitete Hesse ins Gästezimmer. Elisabeth hörte Gemurmel und Geflüster, Martina kicherte, vermutlich hatte sie bei Friedrich Schnaps getrunken. Es dauerte eine Weile, bis es still im Haus wurde.

Elisabeth saß noch immer im Atelier, sie sah auf das verlöschende Feuer und sie fror. Von draußen blinkte Licht vom Leuchtturm zum Fenster herein. Tränen liefen ihr über das Gesicht.
Elisabeth konnte vor ihrem inneren Auge den morgigen Tag sehen: Was auch immer Hesse über den Vater sagen wird am offenen Grab. Es wird nicht die Wahrheit sein. Weil niemand

die Wahrheit weiß. Hesse würde sein schlechtes Gewissen in schön formulierte Sätze einfassen. Das war gut so. Eine späte Versöhnung.
Koslowski wird Elisabeth zunicken und Abstand wahren mit Paula. Auch das Kapitel endet hier. Martina steht neben Wilhelm, der schützend seinen Arm um sie legt. Eine Menge Menschen wird Elisabeth die Hand drücken und sie wird Umarmungen über sich ergehen lassen müssen. Konny wird Mariechen an der Hand halten.
Der Sarg wird sich senken und sie wird eine handvoll Erde hineinwerfen und Blumen. Ein Abschied, der keiner ist, weil es keine endgültigen Abschiede gibt. Die Bilder sind lebendig und alles hier in dem Raum wird weiterleben auf die eine oder andere Art.
Elisabeth stand auf und holte den Schlüssel für den Wandschrank aus dem Versteck.
Sie öffnete die Tür und nahm die beiden letzten verhüllten Bilder und stellte sie in die Mitte des Raumes. Dann nahm sie die Tücher von den Leinwänden, setzte sich auf die Couch und betrachtete sie.
Auf dem kleineren Format sah sie vor einem braunen Hintergrund auf einem Tisch einen rotgelben Apfel und ein Glas Wasser, sonst nichts.
Auf dem größeren Bild konnte sie zuerst nichts erkennen. Wie bei einem impressionistischen Bild, dessen Tiefe und Fülle sich erst dann offenbart, wenn man einen bestimmten Abstand wahrt, es in seiner Ganzheit auffasst, und sich nicht zu sehr mit den einzelnen Farbtupfern beschäftigt, so musste sie lange schauen, um zu erkennen was sie sah:
Einen Trümmerhaufen mit Flugzeugteilen und darüber einen schwebenden lichten Engel mit Konnys Gesichtszügen. Du altes Schlitzohr, dachte Elisabeth. Du altes Schlitzohr.
Das ist es also, was er gemeint hatte. Das Licht. Ja, dieses Licht hatte er gemeint. Es schien tatsächlich von oben zu kom-

men und es leuchtete auf die ganze Erbärmlichkeit unserer selbstgeschaffenen Katastrophen. Ja, so war es, wir erschaffen uns die Dämonen selbst und geben die Verantwortung für unser Leben ab.
Ja, in diesem Moment war es so klar. Das hatte also der Vater gemeint, als er von dem Licht sprach, das durch die Mosaikfenster scheint. Daher kommt das Licht! Das war es also. Das Geheimnis, das sich ihr jetzt offenbarte.
Es ist nur ein Apfel und ein Glas Wasser. Sonst nichts! Sonst nichts! Das Einfache, das Eindeutige, das Klare. In seiner ganzen vollkommenen Schönheit! So ist es!

- Epilog -

Ja, ich werde bleiben bei dir, Raimund, weil ich mich so entschieden habe. In dieser einen einzigen Sekunde auf dem Flughafen von Amsterdam, umgeben von den müden Reisenden, voller Unruhe den Anschluss zu verpassen. Da habe ich ja gesagt zu etwas, das mir in diesem Moment noch nicht klar war. Ich wusste nicht, in welcher Dimension es auf mich zukommen würde.
Dich werde ich lieben, Raimund, wo du auch immer bist. Wo immer du dich gerade auch aufhältst. Ändern kann ich daran nichts, zurückrufen kann ich dich nicht. Du bist ein freier Mensch und Liebe, Liebe ist ein Geschenk, eine freiwillige Gabe. Ja, so ist es gemeint. Die Freiheit. Die Freiheit der Liebe. Lange habe ich darüber nachgedacht, was das ist.

Ich habe den Stein ins Wasser geworfen und die Wellen haben auch mich erreicht. Es ist immer an der Zeit, gut zu überlegen was man tut. Wohin der Weg mich führt und was für einen Weg ich einschlagen werde.
Ich habe die Entscheidung darüber, wohin mich die Wellen tragen. Ich bin nicht Strandgut. Es gibt eine Wahl, ein bewusste Wahl zu jeder Zeit.
Wohin du auch gehst Raimund und warum auch immer. Ich werde nicht mehr danach fragen, weil ich weiß, dass du bei mir bist. Weil ich weiß, dass ich bei dir bin. Schon immer. Schon ewig und auch jetzt in der Zukunft, später.

Ich war die ganze Zeit bereits zu Hause.
Ja. Ja, so ist es gut!

Uwe Hartlieb

Der Pfad der Seelen
Erzählung

Nach fast zwei Jahren auf See erreicht Marc auf seiner Weltreise die Perle du Diable, ein winziges Eiland irgendwo im südlichen Pazifik. Obgleich die kleine Inselhauptstadt eher unspektakulär, fast langweilig wirkt, beschließt Marc, hier einige Zeit zu verweilen, um die Erfahrungen der letzten Monate in aller Ruhe niederzuschreiben. Doch dann macht er die Bekanntschaft der lebenslustigen Madame Sophie und ihrer Freunde, des kauzigen Jean-Luc und seiner eigenwilligen Tochter Sabrine...

Eine leise, einfühlsame Geschichte, die in warmen Bildern von herrlich schönen Landschaften erzählt und ebenso vom harten Alltag des Segelns auf stürmischer See. Fast beiläufig lässt der Autor den Leser teilhaben am Schmerz und der Hoffnung zweier Menschen, die ihre Suche nach dem Glück noch nicht aufgeben wollen...

Preis: 12,80 Euro
ISBN 978-3-86634-454-9

Engl. Paperback
13,8 x 19,6 cm

Volker Echtermeyer

„Mein Herz gehört jetzt Ihnen ..."
HTX - Organspende

In einem großen Klinikkomplex spielen sich alltägliche, aber auch außerordentliche Schicksale der Menschen ab. Alle sind sie auf wenig geheimnisvolle, aber undurchdringbare Weise miteinander verbunden.
Eine junge Frau, die aus Liebe ihr Herz einem verheirateten Chefarzt anbietet, der sich aber von seiner Familie nicht zu trennen vermag. Letztendlich gibt sie tatsächlich ihr Herz. Sie erkrankt an einem unheilbaren Hirntumor und stirbt daran.
Nach dem Tod der jungen Frau findet die Organspende den Weg, geebnet von Zufällen und Notwendigkeiten in die selbe Klinik, in der ihre große Liebe als Chirurg tätig ist.
Ihr Herz findet Platz in der Brust eines kranken, jungen Mannes, der wieder zu hoffen vermag, dass sich seine Liebe erfüllt und seinem Leben einen Sinn gibt.
Um Silvia Steinmetz rankt sich die Geschichte, die schonungslos und hoffnungsfreudig von dem Klinikalltag in einer HTX-Abteilung erzählt. Zufälle, Glück und ärztliche Kunst entscheiden plötzlich und unmittelbar über Leben und Tod.
Der Autor, selbst Chirurg und Chefarzt einer großen Klinik, erzählt authentisch. Er greift das ethische Thema der Organtransplantation offen auf und schildert dramatisch und dicht Beginn und Ende der ärztlichen Kunst.

Preis: 12,50 Euro
ISBN 978-3-86634-479-2

Paperback
13,8 x 19,6 cm